*À ma fille Anne et son mari Gautier,
qui m'ont donné un magnifique petit-fils.*

Avertissement de l'auteur :

Les personnages et les faits relatés dans ce roman sont tirés de mon imagination et l'histoire que vous allez lire n'est ni la mienne ni celle de mes proches. Bien sûr, ce livre contient des fragments de réel, mais ils sont concassés avec la fiction, au point de devenir indiscernables. L'univers romanesque d'un écrivain est forgé par son âme, mais n'est pas son exact reflet.

La vie n'est qu'une ombre qui passe, un pauvre acteur qui se pavane et s'agite pendant une heure sur la scène et qu'ensuite on n'entend plus. C'est une histoire dite par un idiot, pleine de bruit et de fureur, et qui ne signifie rien.

William Shakespeare.

Premier jour

Je regarde par le hublot. Le sol est encore loin, mais je distingue déjà les pistes de l'aéroport et l'avion commence ses tours d'approche.

J'ai quatre jours devant moi, quatre jours à savourer jusqu'à la moelle pour en retirer tout le suc. Je n'ose imaginer l'après de cette explosion. Les heures qui suivront seront sombres, glacées et sans saveur.

La vie m'expulse ! Je ne suis pas rassasié d'elle, mais elle m'expulse. Le lendemain de mon retour, je passerai un scanner du thorax. Que m'apprendra-t-il ? Sans doute que la maladie continue à progresser. Mon avenir est en pointillé. J'ignore combien de temps il me reste à vivre. Personne ne peut me le dire, ni comment je finirai. Je préfère ne rien savoir. Cela doit être atroce de connaître le jour de son décès, de compter les heures et les minutes qui vous restent.

Allons ! Chasse ces idées noires ! Prague t'ouvre les bras et tu vas prononcer le discours de ta vie. Quelle dérision ! Il y a un an, avant que le cancer ne tombe sur moi à bras raccourcis, jamais je n'aurais imaginé ce qui m'arrive. « *Ses songes les plus fous se sont réalisés* », voilà ce qu'écrirait un auteur sans imagination en parlant de moi. Enfant, je rêvais d'un destin exceptionnel, de sortir du lot, mais, comme tant d'autres je n'ai été qu'un passant anonyme embarqué sur la planète Terre avec sept milliards de semblables aussi ternes que lui. Qui suis-je ? Un professeur dans une université de province qui faisait cours à des étudiants blasés et démotivés, un mari ordinaire, un père banal. Je ne suis rien, juste un peu de vent, juste une fonction d'onde classique et sans aspérités, noyée dans le bruit de fond quantique du monde.

L'avion continue à tourner dans les airs. Sans doute, le pilote n'a pas l'autorisation d'atterrir. Je vais être en retard et elle va m'attendre.

J'ai écrit quinze ouvrages que personne, ou presque, n'a jamais lus et j'ai rédigé LE livre, un méchant opuscule d'une centaine de pages à peine, élaboré en une semaine à la demande d'un éditeur qui cherchait désespérément à compléter sa collection. Pourquoi a-t-il fait tilt ? Ses phrases sont malhabiles, pleines de redites. J'étais pressé et je n'ai pas eu le loisir de ciseler mes mots comme je le fais d'ordinaire. Je suis un écrivain médiocre et mon style est laborieux. À force de le travailler, j'arrive à le rendre plus léger, plus aérien, mais je dois me battre longtemps avec lui. Le fond ne me pose jamais de problèmes, car les idées courent sous ma plume. « *Analyse de droite du monde* » s'est vendu à cent-mille exemplaires. Il a été réimprimé à quatre reprises. Pourquoi ? Pour moi, c'est un mystère complet. Peut-être était-il le livre adéquat au moment idoine. Si je l'avais publié deux ans auparavant, il serait, qui sait, resté anonyme. Le succès de mon pamphlet n'a tenu qu'à un fil. J'ai eu de la chance, moi qui n'en ai pas eu par ailleurs : je n'ai jamais fumé et j'ai attrapé un cancer du poumon, une saloperie génétique qui n'explique qu'un pour cent des tumeurs bronchiques. La vie est souvent ironique : la roue de la Fortune a tourné deux fois et j'ai décroché deux fois le gros lot.

L'avion descend enfin et la piste se rapproche. Une secousse et je suis sur le sol de Prague ; la ville de Jan Hus est à moi.

Surtout ne pense plus, ma fille. Lorsque tu le verras, tu éprouveras peut-être un petit quelque chose, un déclic qui t'aidera.

Alors que le Boeing roule sur le tarmac, je m'inquiète : j'espère qu'elle est aussi jolie que sur les clichés qu'elle m'a envoyés. L'appareil s'immobilise enfin et après quelques minutes d'attente, l'hôtesse donne enfin l'autorisation de sortir, mais j'attends que la ruée des passagers s'essouffle avant de m'extirper avec lenteur de mon siège. Je suis étourdi et ressens une étrange palpitation. Je chemine hors des bornes de ma vie : je vais prononcer un discours devant mille personnes ; je vais visiter Prague en long en large en travers et… La transgression m'excite d'autant plus qu'il me reste un fond éthique qui se rebelle et désapprouve ma conduite, mais qu'ai-je à perdre ? Dans un an, peut-être deux, je serai mort. Inutile de brandir devant moi l'immoralité de mon comportement. Je ne crois ni à la survie des âmes ni qu'un Dieu vengeur va me juger sitôt le pont sombre franchi. Heureusement, vu mon passé ! Pourtant, j'ai été pendant quarante ans un citoyen modèle. Je n'ai jamais enfreint la loi et je n'ai pas fraudé le fisc. Lorsqu'un serveur ou un vendeur se trompait en ma faveur, je le lui signalais immédiatement afin qu'il ne soit pas, par la suite, lésé. Je prépare ma défense, finalement ; j'accumule dans ma tête les arguments pour me défendre si je suis traduit devant un tribunal céleste.

L'hôtesse me salue mécaniquement.

– Au revoir, monsieur, passez une bonne journée et à bientôt !

Elle a prononcé des mots commerciaux, qu'elle ne pensait pas. Elle est mignonne, bien habillée. Elle forme un charmant spectacle qui titille mon sens de la beauté, mais que j'ai payé avec mon billet. L'achat de son sourire automatique est-il, au fond, si différent de la transgression que je vais commettre ? C'est juste une question d'échelle.

Allez Augustin ! Va de l'avant ! Tu ne peux plus rien changer.

Je suis le flot moutonnier des passagers et je parcours en tirant ma valise un labyrinthe sans fin de couloirs dépourvus de fenêtres. J'ai hâte de découvrir l'objet de mon fantasme, mais en même temps je ressens un pincement au cœur et je suis en proie à un malaise diffus. Au moins, ces préoccupations me délassent l'esprit, car je n'ai plus pensé à ma maladie depuis dix minutes. Mon Dieu ! Que ces périodes de calme que j'éprouve de temps à autre sont agréables ! Je redeviens alors normal pour un bref laps de temps. Normal est un mot merveilleux. Je l'ai été pendant cinquante-huit ans. Je ne le suis plus depuis un an, depuis que la maladie est passée par là.

Je débouche enfin dans l'aérogare et je sens une vague pulser dans ma poitrine. Elle m'a assuré qu'elle tiendrait une pancarte avec mon nom. Bien sûr, j'aurais pu la reconnaître sans cet écriteau, sauf si elle m'a menti sur son physique et m'a envoyé le portrait d'une autre fille. Si c'est le cas, quel gag ! Si elle est moche, si elle ne me plaît pas, trois mille euros se seront évaporés sur un claquement de doigt, mais quelle importance ? Mon livre m'a rapporté cent-mille euros. Vu le peu d'avenir qui me reste, j'ai raison d'en profiter. La somme que je viens de dépenser aussi inconsidérément ne me manquera pas. De toute façon, je me refuse à me priver afin de léguer le plus d'argent possible à ma femme et à mes fils. Aucun d'entre eux ne partage mes idées politiques et je ne vois pas pourquoi mon brûlot anti marxiste devrait les enrichir après ma mort.

Le voilà. Il fait bien plus vieux que sur la photo et il ne m'a pas dit que ses cheveux étaient devenus blancs. Il a triché, mais c'est normal, car même dans ces cas-là, un homme cherche à s'avantager. Tant pis, je ferai avec. N'y pense plus, ma fille. Cela ne sert à rien de remuer tes doutes. Tu as pesé le pour et le contre et tu as choisi la meilleure voie pour toi et ton avenir.

Je la vois ! Elle est conforme à mes attentes. Elle n'a pas truqué les clichés qu'elle m'a envoyés. Au contraire, elle est mieux au naturel. Je m'approche et, bien entendu, elle me sourit. Je suis son propriétaire pour quatre jours. Un chien ne montre pas les dents à son maître. Que dois-je faire ? Lui serrer la main ? Absurde ! Elle n'est pas vraiment mon employée. Elle m'embrasse sur les joues, me tirant d'embarras.
— Lizaviéta, se présente-t-elle.
C'est le prénom qu'elle m'a donné lors de nos échanges électroniques. Peut-être s'appelle-t-elle en réalité Cunégonda ou peut-être porte-t-elle un patronyme aussi poétique que Lizaviéta, mais qu'elle garde pour elle. Elle aurait raison de préserver son anonymat. Sa véritable identité appartient à un monde que je n'ai pas à fouler.
Elle est vêtue élégamment, une robe rouge au genou, une veste, une pochette et des chaussures blanches, un bracelet de montre et un collier doré, des cheveux blonds mi-longs, un maquillage impeccable. Elle incarne le summum pour moi de la féminité. J'ai devant moi le miroir de mon fantasme. Bien sûr, je lui ai décrit mes goûts en la matière lors de nos échanges par email. Elle a réussi avec brio la synthèse, un bon point pour elle.
—Avez-vous pu récupérer la voiture ?
— Oui ! J'ai.

Elle parle français avec un accent slave, mais je la comprends. Si elle utilisait l'anglais, j'aurais sans doute plus de mal. Elle s'écarte légèrement et me sourit à nouveau.
— Je vous plais ?
— Beaucoup !

Il a l'air déçu. J'aurais dû demander à la coiffeuse une coupe plus moderne. Surtout ne pense plus à ce que sur le point de faire, ma fille. Tu as pris une décision. Tiens-toi en à elle !

J'ai senti une légère inquiétude dans sa voix lorsqu'elle m'a posé sa question. Elle marque un nouveau point : elle n'est pas blasée. Je sors l'enveloppe que j'ai préparée et la lui tends.
— Voilà le solde. Vous pouvez compter pour vérifier, si vous voulez.
— Pas ici.
— Je dois passer quelques appels. Vous permettez ?
Je m'éloigne par pudeur. Va-t-elle filer avec l'argent ? Elle réaliserait l'escroquerie parfaite. Avec l'acompte et la somme d'aujourd'hui, elle gagnerait dix-mille euros en échange de cinq minutes de travail et d'un choix réussi d'habits, le pactole. Enfin, je pourrais sans doute récupérer les arrhes, que j'ai versées par l'intermédiaire de ma carte bleue. La prostitution est une transaction commerciale comme une autre en Bohème.
— Allô chérie ? Je suis bien arrivé. Pas de problèmes dans l'avion... Tu ne regrettes pas d'être restée chez nous ? ... Bon je t'embrasse... Je te téléphone ce soir... Oui je vais m'amuser... Non je ne suis pas essoufflé. Aucun signe d'embolie... Ne t'inquiète pas. Bises.
Clémence est égale à elle-même. Elle ne se doute pas de ce que j'ai tramé et même si elle savait, elle se contenterait de hausser les épaules. Notre couple est particulier mais solide. Nous sommes mariés depuis plus de trente ans, un bail ! Nos relations sont ancrées dans l'éternité : Clémence est la femme d'Augustin et Augustin est le mari de Clémence, un lien qui ne se rompra jamais et qui restera aussi solide que ceux qui la lient à nos fils. Je sors le papier de l'université de la poche de ma valise à roulettes. J'espère que mon anglais malhabile et mon accent pourri ne feront pas rire madame Szecka.

— Good afternoon. Here Augustine Miroux. My plane just landed. I'll come tomorrow at your reception. Not everything is provided. I have a hotel and I will enjoy to discover Prague. I look forward to meeting you tomorrow ! Goodbye.

Voilà je l'ai expédiée en deux minutes chrono. Je peux retourner vers Lizaviéta.

— On y va ?
— J'ai droit de vous appeler Augustin ?
— Bien sûr !
— Je vous emmène à l'hôtel, Augustin ?
— D'accord. Je déposerai ma valise et nous ressortirons immédiatement pour faire le tour de la ville.

Une ombre passe sur son visage.
— Vous voulez pas d'abord profiter de moi ?
— Plus tard. Nous avons quatre jours pour cela.
— Les hommes veulent toujours profiter.

Je suis nulle. Je ne lui conviens pas ; je ne suis pas assez jolie. Ou j'ai dû commettre une erreur et je n'ai pas fait les choses comme il le fallait.

C'est tout juste si elle n'a pas tapé du pied. Je la dévisage, perplexe, car je ne comprends pas sa réaction.
— Je vous plais pas ?
— Mais si !

Je me sens mal à l'aise et je ne sais plus que dire. Je n'ai jamais eu affaire avant elle à une call-girl, mais je suis sûr qu'aucune de ses consœurs ne se comporte comme elle lors de la prise de contact.
— Si ! Si ! Vous me plaisez énormément. Vous êtes très belle !

Il ment. Il n'accroche pas. Je ne suis pas son genre ; mes photos l'ont induit en erreur. Il s'attendait sans doute à rencontrer un autre type de fille, plus délurée. Je fais trop sage, trop timide.

Je la sens au bord des larmes. Il ne manquerait plus qu'elle ne pleure. Mon Dieu, dans quel guêpier me suis-je fourré ? Pourquoi les choses ne sont-elles jamais simples avec moi ?
— Écoutez, Lizaviéta. Je vous ai choisie pour trois raisons ; d'abord pour votre physique ; ensuite parce que vous parlez

français et enfin parce que d'après votre fiche, vous êtes étudiante en troisième année d'histoire. Je suis à Prague et je veux que vous me racontiez son passé, que vous me le fassiez vivre. Enfin, vous le savez puisque je vous l'ai écrit dans mes emails.

— Oui. Oui. Mais je pensais que vous... bla bla ? C'est le mot que vous employez ? Vous comprenez ? Les hommes aiment sexe surtout. Si vous voulez pas, donc je vous plais pas.

Un doute m'effleure. Sa réaction est bizarre, excessive ; elle manque de self contrôle et de professionnalisme. À moins que....J'hésite, mais c'est plus fort que moi et je lui demande :

— Je ne suis pas votre premier client tout de même ?

Je regrette aussitôt d'avoir posé cette question. Elle est perfide ; je vais la vexer et mon ton était bien trop agressif. Enfin, j'ai des excuses. Lizaviéta est la première *escort* que je rencontre et elle ne met vraiment pas à l'aise. C'est le moins qu'on puisse dire.

— Sur site, si !

Le sol s'ouvre devant moi. Oh non ! Pas cela ! Une call-girl amateure ! C'est bien ma veine. J'ai envie de rire tellement la situation est saugrenue.

— Je suis inscrite la semaine avant.

— Vous regrettez ? Vous voulez annuler ?

Mon Dieu, il veut arrêter, que je lui rende l'argent. Je suis vraiment en dessous de tout.

Je suis écœuré. De toute façon, il fallait s'y attendre. Mon séjour va tourner au cauchemar : j'errerai seul pendant quatre jours, comme une âme en peine, dans une ville dont je ne parle pas la langue. Mon hôtel sera détestable, la nourriture infecte et je me ferai huer à la fin de mon discours.

— Non ! Non ! je disais : jamais client site mais pas problème pour moi pour faire amour contre argent.

Cache ton dégoût, ma fille. Sois la plus convaincante possible. Ne lui avoue surtout pas que pour toi, c'est une première sinon il fuira à toutes jambes.

La call-girl de Prague

Son français laisse à désirer. Autant elle s'exprimait bien dans ses emails, autant son oral est maladroit et viole les règles syntaxiques.

— Je dois réussir votre voyage, Augustin, et tout absolument parfait pour vous, au mieux pour vous.

Je ferais tout pour toi : je te l'assure ; je t'en supplie : laisse-moi ma chance. J'ai trop besoin de ton argent. Tu es la chance de ma vie.

Elle est véhémente. Elle parle fort et serre les poings.

— Allons boire un verre. Nous allons discuter de tout cela calmement.

En passant, elle jette sa pancarte dans une poubelle. Nous nous installons à une table du seul bar ouvert dans le hall. Elle me regarde d'une façon particulière. On dirait ma chienne Mitzi.

— Quelle bière locale me conseillez-vous ?

— Pritziben est bon.

— Commandez une bouteille ou un demi de cette marque pour moi !

Elle appelle le serveur qui accourt aussitôt comme s'il était son domestique. Quelques mots en tchèque et il repart aussi vite.

— Vous avez couronnes avec vous ? Prix moins cher si on donne couronnes et pas euros.

— Oui, j'en ai. Pourquoi prenez-vous tellement à cœur la réussite de mon séjour ? On croirait que vous jouez votre vie dessus.

— Pourquoi votre question ? Parce que je suis *escort* ?

— Oui. Comment dire... Je m'attendais à plus de détachement de votre part. Vous comprenez ce que je veux dire ?

Ma remarque est maladroite, mais je dois crever l'abcès. Le serveur revient avec nos consommations. Elle a choisi la même boisson que la mienne. Je paye et ramasse ma monnaie tout en laissant un pourboire généreux : je joue au riche touriste. Je retrouve un peu d'assurance face à Lizaviéta et elle me fait moins peur.

— Dix-mille euros un gros, gros prix chez nous, Augustin. Je finis mes études avec. Sans eux, je pouvais pas. Donc, je dois être top. Je suis pas voleuse.

En France aussi dix-mille euros est une somme importante, enfin sans doute pas autant qu'en Tchéquie où le niveau de vie est trois fois moindre.

— Dès que vous parti, je quitte site.
— Je serai donc votre unique client ?
— Oh oui !

Je ne la crois pas. Vu le ton véhément qu'elle a employé, elle pense sûrement ce qu'elle vient de dire ou alors, c'est une comédienne hors pair, mais aussi sincère qu'elle soit aujourd'hui, elle recommencera, sauf si je la traumatise. L'argent est si facile à gagner de cette façon qu'elle réitérera de nombreuses fois cette expérience. Je sais : je deviens cynique à l'approche de la mort. Elle balbutie :

— Vous voulez moi pour sexe ?

Allez ! Dis oui !

Ah non ! Ses yeux sont trop suppliants. Va-t'en, Mitzi. À Prague, j'ai besoin d'une femme, pas d'un chien. Bien sûr, je pourrais la rassurer sur son charme en la possédant dès notre entrée dans la chambre, mais je ne le ferai pas, car je ne suis pas prêt. Un homme normal consommerait immédiatement. Or je ne suis pas ordinaire : je suis gravement malade et compliqué.

— Écoutez, Lizaviéta. Nous ferons l'amour, sans doute plusieurs fois. Ne vous inquiétez pas, mais d'abord nous suivons le programme que je vous ai donné. Je dépose mon bagage et vous me présentez Prague. Nous irons ensuite dîner et nous rentrerons à l'hôtel.

J'ai besoin d'asseoir mon autorité, mais la situation est vraiment absurde. Nous sommes à front inversé : qu'une *escort* essaie de resquiller et souhaite avoir le moins de rapports sexuels possible avec son client est bien plus logique que l'inverse. Elle me sourit une nouvelle fois, mais je devine qu'elle campe sur ses positions. Elle semble têtue. Je soupire intérieurement. Je n'ai pas de chance : les choses ne sont jamais simples avec moi. J'avale ma bière cul sec.

— Dès que vous avez fini, nous y allons.

Je m'attendais à ce qu'elle laisse son verre, mais elle boit lentement son contenu tout en me dévisageant bizarrement.

Lorsque nous nous levons, elle me prend le bras. Je n'ose pas protester et, pourtant, son geste me gêne. Mes cheveux sont devenus blancs avec ma maladie ; je fais mon âge ; elle a vingt-trois ans ; mes fils sont plus vieux qu'elle. Que doivent penser les passants ?

Elle ne connaît absolument pas les codes des call-girls. Elle joue la comédie, fait comme si elle était une amoureuse et pas une putain. Je ne suis pas demandeur de cette intimité factice. J'hésite à lui en faire la remarque avant de me résigner. Profitons d'elle ! Sa fraîcheur a quelque chose de réconfortant. Une professionnelle serait blasée, distante. J'ai de la chance finalement d'être tombée sur une amateure.

La Skoda que j'ai réservée est neuve, basique. Lizaviéta met ses lunettes pour conduire. Cela la vieillit. Elle ressemble à la professeure qu'elle sera dans quelques années, à moins qu'elle ne change carrément de voie et ne devienne une courtisane de haut vol. Arrêtée à un feu rouge, elle pose sa main sur mon genou. Mon Dieu ! Il ne faut pas qu'elle s'aperçoive de l'effet qu'elle me fait. Je refuse de faire l'amour dès notre arrivée à l'hôtel. J'ai besoin de temps. Pourquoi ne se comporte-t-elle pas comme une *escort* ? Pourquoi ne fait-elle pas preuve de plus de retenue ? Elle ne s'est pas renseignée sur les usages du métier ?

— Je peux aller avec vous au cocktail, demain ?

Sa demande est saugrenue et me surprend. Bien entendu, je lui ai donné mon emploi du temps et elle sait que je suis convié demain à une réception, mais il était évident que je ne l'emmènerai pas.

— Impossible ! Vous allez rencontrer des gens que vous connaissez. Vous êtes bien étudiante ?

Je me compromettrai en me pavanant avec elle. Les gens riraient derrière mon dos : un vieux qui trimballe une jeunette est sujet aux moqueries.

— Je suis cours université Ostrava. Je connais personne à Prague.

Comme je ne réponds pas, elle ajoute, suppliante :

— Je vous prie, Augustin. Dites oui !

Mais pourquoi insiste-t-elle ? Elle cherche de nouveaux clients ? Non ! Ce n'est pas pour cette raison qu'elle veut m'accompagner. Le cocktail de demain réunira le gratin des universitaires tchèques et nombre d'intellectuels renommés. Elle espère sans doute approcher par ce biais le gotha de la pensée philosophique, mais je suis son client, pas son ami. Je ne vais pas risquer le ridicule pour lui faire plaisir. Je mets les pieds dans le plat, afin de la dissuader :

— Et comment vous présenterai-je ? Voilà Lizaviéta, l'*escort* que j'ai engagée ?

J'aurais peut-être dû employer le mot putain pour qu'elle réalise mieux l'incongruité de sa demande.

— Je suis votre traductrice.

— Parce qu'on trouvera normal que moi, simple professeur dispose comme les chefs d'État d'une interprète pour me faire comprendre en tchèque ? Je serai ridicule. On utilise l'anglais pour communiquer.

— Vous êtes bête, Augustin. Je suis traductrice de votre livre. C'est normal de rencontrer fille qui traduit votre livre pour Tchéquie et vous l'emmenez avec vous au cocktail. Normal pour tous !

L'aplomb avec lequel elle m'a asséné « *Vous êtes bête* » me fait tiquer. Nous nous connaissons à peine. J'ai acheté son corps pour quatre jours et elle me morigène au bout d'un quart d'heure !

— Je suis très contente vous rencontrer, Augustin. J'ai chance vous choisir moi.

Il a l'air gentil. Cela va m'aider. Enfin, j'espère. N'y pense plus ma fille. C'est comme si tu l'avais fait. Tout est dans le ressenti. L'acte ne te pèsera que si tu le ressasses. Compare cette expérience à une séance chez le dentiste : une extraction de dent est désagréable, mais pas douloureuse puisque le médecin endort le palais.

Sa remarque me fait bouillir. J'hésite, mais je finis par balancer un *scud*.

— Et vous n'aurez aucun mal à faire l'amour au vieux débris que je suis ? Je ne suis vraiment pas beau.

La call-girl de Prague

Ah non ! Tu n'as pas le droit de me demander cela ! Ne sois pas hypocrite. Ne fais pas semblant d'avoir des scrupules. Assume. Lorsque tu étais en France, tu étais enthousiaste. As-tu oublié ?

Malheur ! Qu'ai-je dit ? Elle rit et pose à nouveau sa main sur ma cuisse.

— Si ! Vous êtes beau Augustin. Vous avez charme et vous êtes grand penseur.

Elle se moque de moi et ne pense pas un mot de ce qu'elle vient de dire, mais ses compliments mensongers sont sans doute compris dans mes dix-mille euros. J'en ai assez : inutile de discuter, car je me heurte à un mur. Changeons de sujet.

— Parlez-moi de Prague. Racontez-moi son histoire.

Brutalement, ma maladie se rappelle à mon bon souvenir. Ah, si je visitais cette ville en compagnie de cette jolie fille, mais avec des poumons indemnes de tout nodule cancéreux ! La nostalgie irradie dans mon corps disloqué. Sans m'en rendre compte, je serre convulsivement sa main toujours posée sur mon genou. Lorsque je m'en aperçois, je la retire vivement comme si elle était radioactive.

— Vous connaissez beaucoup choses sur Prague, je crois, Augustin.

— L'histoire est mon dada. J'ai entendu parler des deux défenestrations, des guerres hussites, mais faites comme si je ne savais rien. N'hésitez pas à entrer dans les détails, même les plus infimes. J'adore les anecdotes.

— Je suis préparée. Vous inquiétez pas. Je vous décevrai pas.

Bien sûr, je lui avais fait part de mes désidératas dans mes emails. J'ai engagé une putain et une guide touristique pointue dans une seule personne.

Elle conduit nerveusement. Elle va vite, mais je n'ose pas lui demander de ralentir. Quelque part je ne dois pas être fier de l'acheter et je me refuse à la commander, à la réduire en esclavage. Enfin, je n'en sais rien ; je suis peut-être en train de me transformer en tyran : l'idée de payer pour posséder le corps de cette jeune femme est contraire à l'image que j'ai voulu donner de moi depuis quarante ans et cette transgression m'excite.

Elle commence son *speech* historique et je me laisse vite porter par le flot de sa voix. Elle a effectivement travaillé son sujet et ses phrases. Son français devient grammaticalement correct. Elle détaille les origines de Prague et me sort tout ce qui a été écrit sur le sujet. Le trajet me paraît court et je suis déçu lorsque nous arrivons à l'hôtel.

– J'irai seul à la réception. Attendez-moi du côté des ascenseurs.

– Pourquoi ?

Est-elle aussi ingénue que sa question le laisse entendre ou s'amuse-t-elle à jouer le rôle de la ravissante idiote ? Si elle m'accompagne, l'employé de l'hôtel devinera immédiatement le type de relation qui nous lie. Une jeune femme qui monte dans la chambre d'un sexagénaire est nécessairement une putain ; il sera inutile de lui faire un dessin. Je grogne, mécontent :

– C'est évident, voyons.

– Vous avez honte de moi ? Lorsque nous serons dans les restaurants ou ville, cela sera pareil. Vous me cacherez pas.

Ah non, tu es vexant ! Je t'interdis de me laisser à l'écart ! Assume !

Son ton est rageur. Nous ne devons pas vivre sur la même planète.

– Nous sommes dans un hôtel, Lizaviéta.

– Et alors ? Cela change rien !

Tout, mais je capitule.

– D'accord, mais ne me prenez pas par le bras.

Je la laisse discuter avec la fille de l'accueil. Elles parlent en tchèque et leur échange dure longtemps. On obtient une clé normalement en quelques minutes. Alors que je suis le point de demander s'il y a un problème, elle se retourne en brandissant triomphalement un *pass*.

– Nous sommes surclassés. Nous avons suite.

Le « *nous* » me heurte. Il est incongru. Il suppose une relation « *normale* ». Il faut que Lizaviéta comprenne que nous ne sommes pas un couple d'amants. Elle doit être étonnée par mon manque d'enthousiasme, car elle ajoute :

– Pour même prix !

Je me décide à lui sourire, mais j'ai tort. Je viens de l'encourager. Que va-t-elle me sortir la prochaine fois ?

Dans l'ascenseur, elle se colle contre moi. Elle sent bon et j'ai envie de lui toucher les seins, mais je me retiens. Je me demande comment je vais lui échapper lorsque nous serons arrivés dans la chambre. Les battants métalliques s'ouvrent sans un bruit. Elle a le bon sens de s'écarter de moi en sortant. Si quelqu'un nous avait croisés enlacés, je serais mort de honte !

Cet hôtel respire la classe par tous ses pores. Détends-toi, Augustin ! Tu ne dois pas être le premier à y emmener une call-girl de luxe.

Elle ouvre la porte de la suite et fait une courbette en m'invitant de la main à entrer, comme le ferait une soubrette ! Au fond, c'est une gamine.

Elle referme doucement derrière elle et je ressens un début de panique, car je suis à sa merci, mais je me maîtrise. Notre suite est cossue : nous disposons d'un salon, de deux fauteuils, d'un petit canapé et la décoration est au top.

— C'est la basse saison. Pour hôtel pareil nous donner la suite pour la chambre.

Elle ajoute en pointant son doigt vers moi :

— Vous voyez. Mieux que je vais avec vous à réception.

Elle pose son sac dans le placard.

— Je déballe plus tard. Je range vos habits, Augustin.

Et sans que j'ose répliquer, elle s'empare de ma valise. En quelques minutes mon linge est soigneusement placé sur les étagères et sur les cintres, mais son initiative me chagrine, car elle est trop intime. Nous ne sommes pas des amoureux qui passent un week-end prolongé à Prague.

Elle ouvre une porte qu'elle referme aussitôt et court comme une folle vers l'autre.

— Parfait ! Un grand lit ! Je me colle à vous cette nuit. Vous aimez ?

J'ai envie de lui balancer que je ronfle et que je pète au lit. Je n'aime pas la façon dont elle me sourit. Je n'aime pas l'éclat de ses yeux. Je n'aime pas la façon dont elle s'avance vers moi. Je devine ce qu'elle veut.

— Je suis experte. Vous verrez, Augustin.

Laisse-toi te guider. Ne me laisse pas mijoter dans mon jus. C'est difficile pour toi, tu sais ? Là j'ai le courage de passer à l'acte. Aide-moi, je t'en prie.

Je me doute dans quel domaine. Elle se hisse sur la pointe des pieds pour m'embrasser fougueusement sur les lèvres, encore une chose que les *escorts* ne font pas d'après ce que j'ai lu. Même si j'ai tenu ma bouche fermée, son baiser me trouble. Je n'ai pas touché une femme depuis treize mois. J'ai rompu avec ma dernière maitresse dès que j'ai su pour mon cancer. Je n'avais pas le cœur à continuer une relation extra-conjugale et mon amie ne souhaitait pas materner un malade. Elle n'était qu'une passade sensuelle ; elle me plaisait physiquement, sans plus, et incarnait une forme de routine sans racines, plus qu'une vraie liaison.

J'ai souvent trompé Clémence et elle a fait de même. Nous sommes un couple à part, asexuel. Je n'ai plus fait l'amour avec ma femme depuis quinze ans. À l'époque, j'ai reniflé ses réticences, les refus de son corps. Je me suis éloigné en laissant les portes grandes ouvertes derrière moi. Elle aurait pu me rejoindre, si elle avait voulu, mais elle m'a laissé papillonner.

Clémence est une belle femme. Elle a bien vieilli et elle prend soin d'elle et de son apparence. Je l'ai beaucoup désirée, autrefois dans une autre galaxie. Sur la lune glacée où j'ai échoué, elle me tente à nouveau, mais je retiens mes gestes, mes mots. Je n'arrive pas à dépasser ma vérité de jadis, celle qu'elle m'a laissé ériger en dogme, le pacte implicite scellé par une coupe de champagne. Je suis orgueilleux ; je me refuse à mendier ; je suis têtu, stupide ; je cumule !

Lizaviéta m'entoure la taille et pose sa tête contre ma poitrine. J'endure le supplice de la goutte d'eau. J'ai envie d'elle, de la trousser, de la culbuter sur le canapé et de la pénétrer sauvagement ; j'ai aussi envie de pleurer, sur moi, sur la loque que je suis devenu. J'étais un homme ; désormais, je suis informe et je ne ressemble à rien. Sa main descend de ma poitrine vers mon sexe. Je hurle :

– J'ai le cancer !

C'est tout ce que j'ai trouvé à lui dire pour la repousser. Mon cri calme ses ardeurs et elle s'écarte.

— Et ? me demande-t-elle, indécise.
— J'ai le cancer du poumon. J'ai été opéré, mais il a récidivé. On verra à mon retour, comment il évolue.
— Et ?

Elle ouvre les mains, paumes vers le ciel. On dirait un prêtre officiant lors d'une messe.

— Et quoi ? Que voulez-vous que je vous dise de plus ?
— Cancer empêche pas faire l'amour. Vous êtes excité. J'aime !

Tu es trop compliqué. Fais-moi l'amour. Tu n'attends que cela. Et moi il faut que je dépasse ce stade, que j'étouffe mes doutes, que je rende irréversible ma décision. Vole à mon secours, je t'en conjure.

Je me dégage et vais m'asseoir sur le canapé.

— Je n'ai pas eu de rapports depuis un an. Depuis que je sais pour ma maladie. J'ai besoin de temps. Vous comprenez ? De temps !

Exiger du temps alors que je meurs d'envie de la prendre est radicalement absurde, mais j'ai devant moi un fossé de deux mètres de large que je n'arrive pas à franchir. Le sexe appartient au domaine du normal et j'ai quitté ce dernier depuis longtemps. Pire ! Je me complais à rester hors de lui. Elle s'assied à côté de moi et met maternellement une main sur mon épaule.

— Ok, Augustin ! On va aller doucement. Quand vous êtes prêt, vous me dites. Nous avons quatre jours.

Je suis déçue, car j'étais prête, enfin autant que je pouvais l'être dans ce cas-là. Tant pis, mais j'arriverai à te décider. Je ferai le maximum pour toi et tu en auras pour ton argent. Je te l'assure.

Oui ! Je dispose encore d'un long week-end hors du monde devant moi. Après, l'univers prendra sa revanche et je serai emporté par la débâcle des glaces. Elle me caresse doucement le dos comme si j'étais son enfant. En fait, je le suis. Je me sens faible. Mon érection est morte et ne se ranimera pas de sitôt.

Nous finissons par sortir. Je la laisse prendre mon bras dès la porte de notre suite refermée. Elle a gagné la première manche. Je la voulais esclave et elle me domine. Je flotte dans une brume pâteuse. Nous nous promenons lentement, car je suis vite essoufflé dès que je fais des efforts. Elle me montre une noria de bâtiments chatoyants, me noyant, comme je le lui ai demandé, sous une foule de détails. J'adore sa voix calme, son accent slave, son érudition. Je vis un moment d'exception. Même ma maladie reste en arrière-plan, comme un éclat douloureux fiché dans mon esprit. Épuisé, je m'installe avec elle dans une taverne chaleureuse pour dîner.

– Ici, ils sont bons et pas chers, m'informe-t-elle.

Toute l'après-midi, elle m'a noyé sous des remarques hors-sol du genre : « *Achetez vos cartes postales là ! Elles sont classes et à moitié prix.* » « *Les verreries sont moins chères dans un magasin plus loin.* » Sa posture est comique, car elle m'a coûté dix-mille euros et en l'écoutant, j'aurai économisé, au mieux, une dizaine d'euros. J'ai le tort de poser ma main sur la table et elle s'en empare pour la caresser.

– Vous êtes beau, Augustin !

Pourquoi se croit-elle obligée de raconter une telle ânerie ? Je la dévisage, perplexe. Je n'arrive vraiment pas à distinguer dans ses propos la part qui relève de la comédie que j'ai achetée, de celle induite par sa gentillesse et sa spontanéité.

– Pourquoi, souhaitez-vous m'accompagner à la réception ?

Elle n'a plus évoqué le sujet, mais je dois lui en parler. Si je l'autorise à venir, je déclencherai un scandale, mais je sens que, demain, elle s'imposera et que je serai incapable de lui dire non. Ma seule chance est de la dissuader ce soir alors que nous sommes tranquillement attablés devant un bock de bière.

– Ostrava est un trou. Penseurs viennent pas. Au cocktail, il y a Fred Polks, Martha Villers, Samuel Hulk. Pour moi, formidable les voir. Vous parlez déjà avec eux ?

– Jamais !

– J'ai lu leurs livres. Je veux les voir.

Je demande, un brin perfide :

– Avez-vous parcouru le mien avant que je ne vous contacte ?

– Non ! On vend pas votre livre chez nous, mais j'ai trouvé articles sur Google sur lui. Pas mal !

Les auteurs qu'elle m'a cités sont des altermondialistes ou des marxistes convaincus avec lesquels, bien entendu, je n'ai aucun atome crochu !

— Mes collègues sont les dieux mondiaux de la jeunesse révolutionnaire et anticapitaliste. Vous aussi, vous devez les admirer, puisque vous voulez les rencontrer.

— Ah non ! Ils sont idiots !

Sa virulence est suspecte, ridicule. Elle joue une bien mauvaise comédie, peu convaincante, mais, par jeu, je continue dans son registre.

— Alors, pourquoi me suppliez-vous de vous emmener avec moi demain, s'ils ne vous intéressent pas ?

— Pour voir les têtes, ils ont !

— Peut-être, préférez-vous mes thèses ?

— Vos thèses ?

— Ce que j'écris ?

— Ah oui ! J'aime articles sur vous.

— J'ai emporté quelques exemplaires de mon livre. Je vous en donnerai un ce soir.

— Super ! Vous me, comment on dit, écrire mot ?

— Dédicacez ?

— Oui, c'est cela.

— Demain, si je les rencontre lorsque je suis avec vous, vous ne leur direz surtout pas qu'ils sont des idiots.

— Pourquoi ?

Décidément, elle se moque de moi. Pour la forme, je grommelle :

— Une fille bien élevée ne dit pas à son interlocuteur qu'il est un imbécile. Voyons !

— Pourquoi ?

J'arrête de discuter : elle plaisante. Pour justifier mes dix-mille euros, elle me sert, à grandes louches, mensonges et compliments. Visiblement elle s'est renseignée sur moi : elle a compris l'abîme intellectuel qui me sépare des autres conférenciers et elle fait semblant de prendre mon parti, mais elle devra s'arranger pour que la pièce qu'elle me joue ne me nuise en aucune manière.

Après m'avoir interrogé sur mes goûts culinaires, elle appelle le serveur et compose notre menu. Je suis content de ne pas avoir à choisir. Les spécialités de cette taverne sont typiques de la Bohème et j'ignore ce qui se cache derrière les noms slaves écrits sur la carte. Je me sens bizarre, vaguement angoissé, mais cette peur est différente de celle qui m'étreint lorsque je pense à ma maladie. Elle ressemble à celle qu'éprouve un explorateur lorsqu'il s'aventure dans une contrée inconnue. Nous discutons à bâtons rompus et je lui parle perfidement de mes petits-fils, pour la ramener à son âge, pour lui signifier le gouffre qui existe entre nous, mais cela ne calme pas ses ardeurs et ses gestes artificiellement tendres. Elle se lève même pour déposer brusquement un baiser sur mes lèvres. Son comportement est totalement saugrenu, extravagant. Je finis par évoquer ma vie conjugale et je lui explique que je ne fais plus l'amour avec Clémence depuis quinze ans. Ces confidences sont absurdes, car Lizaviéta n'est pas ma psychiatre.

— Je suis sûre. Elle veut encore sexe avec vous.
— Qui elle ? Clémence ?
— Oui !
— Non, elle me l'aurait dit.
— Mais non bêta ! Elle l'aurait pas dit.
— Nous avons pris cette décision d'un commun accord.
— Non. Vous êtes seul d'accord. Augustin était d'accord, pas Clémence.

Elle est virulente.

— Vous n'étiez pas là. Vous ne pouvez pas juger.
— Augustin, si elle veut plus sexe, elle partie. Elle vous aime. Une femme qui aime veut sexe. On n'est pas comme hommes. On a envie sexe quand on aime ; sinon pas envie.

Quelle péronnelle ! Elle assène ses vérités d'un ton sans réplique. Elle sait tout sur tout ! Elle m'irrite d'autant plus qu'elle effleure une balafre mal suturée, cette abstinence conjugale que je m'oblige à croire intangible. Dans l'antre de mon couple, j'embastille mes doutes, mes désirs et je me vautre dans ma solitude tactile. Pour lui clouer le bec, je réplique maladroitement :

— Et vous ? Vous n'êtes pas amoureuse de moi et vous exigez que je vous fasse l'amour.
— Moi pas pareil, rétorque-t-elle.

Avant d'ajouter :

– Si moi, pareil.

Je n'arrive pas à m'exprimer. Si je trouvais les mots pour t'expliquer, cela m'aiderait ! Même en tchèque, je n'y parviendrais pas. Pourtant, je voudrais tant que tu me comprennes.

Sa réponse est étrange, mais je préfère ne pas approfondir. L'acheter me met mal à l'aise, aussi, il vaut mieux ne pas s'épancher sur notre sordide relation.
– On fera sexe ce soir, Augustin ? Qu'aimez-vous ? Je peux tout faire. Même entre fesses, comment on dit ?
– Sodomie ?
– Voilà ! Vous aimez ?
– Je ne l'ai jamais fait.

Moi non plus, Augustin, mais je vais te le faire découvrir. Je te dois dix-mille euros de sensations inoubliables.

– Essayez !
– Nous ne ferons rien ce soir.
– Pourquoi ? Vous êtes fatigué par voyage ?
– Un peu, mais surtout je ne suis pas encore prêt à avoir des relations sexuelles avec vous.
Oh là ! Qu'est-ce que je suis pontifiant ! Il faudrait que je parle plus simplement.
– Demain ?
– On verra.
– Non, demain. C'est obligé. Vous avez pas choix !
Que va-t-elle faire ? Me violer ? Elle délaisse ma main et pose ses coudes sur la table. Elle prend sa tête entre ses mains. Cette posture lui donne un air de sorcière.
– Vous avez peur Augustin ; peur de maladie ; pas de sexe. Vous avez envie de sexe. On donne pas une grosse somme comme cela.
Ma maladie ! Oui, bien sûr, elle explique en partie mes atermoiements, mais en partie seulement. Lizaviéta joue également un rôle dans mes hésitations : elle est trop belle, bien plus que toutes les femmes que j'ai possédées dans ma vie. Elle ressemble trop à mes fantasmes avec son air d'étudiante sage, sa

féminité exacerbée, la sodomie qu'elle vient de me proposer. Tout m'attire en elle et m'effraie. Elle me terrifie, car elle est le miroir trop parfait de mes désirs et ce qui est de l'autre côté du miroir est, par définition, inaccessible et donc angoissant.

Lorsque nous sortons, je l'emmène voir le fleuve. Nous marchons en silence, sans nous presser ; elle se blottit contre moi. Je me sens bien, mais ce sentiment exacerbe en même temps mon trouble, ma peur. La vie ne veut plus de moi. Elle va me rejeter dans la caverne sombre où nous finissons tous. Je suis ivre, à la fois du vin que j'ai bu, du parfum de ce jeune corps, de ces yeux que j'ai achetés. Je suis saoul et amer ; je n'ai plus de prise sur rien.

Depuis le pont Charles, nous regardons s'écouler la Vltava, ainsi que la nomme ma guide. Je préfère son patronyme allemand, la Moldau, car je l'associe à la musique entêtante de Smetana. Une pensée étrange, vaguement obsédante, squatte ma conscience embrumée : il suffit que j'enjambe le pont et l'univers s'arrêtera. Je ne sais pas nager. Un grand plouf et tout sera fini : cette angoisse qui me paralyse, cette peur du lendemain. J'adore tellement la vie que je suis prêt à rompre son fil, d'un coup, pour ne plus redouter de la perdre, mais, bien sûr, je ne plongerai pas dans l'eau noire, j'irai jusqu'au bout du bout !

Je prends la main de mon esclave temporaire et je l'entraîne vers l'hôtel. Je suis las et fatigué de mes espoirs qui ne veulent pas mourir.

Arrivée dans notre suite, elle exige que je lui donne mon livre. Je sors un exemplaire, griffonne quelques mots convenus sur la page de garde et le lui tends. Je me promets de l'interroger pour savoir si elle l'a ouvert ou si elle me joue la comédie.

Je demande à Lizaviéta de rester dans la chambre et passe dans le salon pour téléphoner à Clémence. Notre entretien, banal, sans surprise, dure un quart d'heure. Je lui raconte Prague ; elle me parle de Mitzi ; Nous sommes mariés depuis trois décennies, mais nous restons, au fond, des inconnus l'un pour l'autre. Nos bulles sont parallèles, étanches. C'est de ma faute, sans doute : j'ai du mal à me livrer ; Clémence est plus ouverte, mais peut-être est-ce là le secret de notre harmonie ? Garder chacun ses zones d'ombre ? Tout en parlant avec ma femme, je médite la remarque de Lizaviéta. Clémence a-t-elle vraiment voulu, comme moi, arrêter nos relations sexuelles ? Ai-je pris mon souhait de l'époque pour une décision commune ? Accepterait-elle de recommencer ? Ce soir, les certitudes sur lesquelles je fondais ma vie conjugale sont ébranlées.

Lorsque je regagne notre chambre, je constate que mon escort s'est changée. Elle a passé une nuisette affriolante. Paire de lunettes au nez, elle est étendue sur le lit, au-dessus des couvertures, plongée en apparence dans la lecture de mon livre. N'est-ce qu'une mise en scène pour me faire croire qu'elle l'étudie avec soin ? Son prix exorbitant me rend soupçonneux et cynique. Elle lève la tête et me sourit, aguicheuse :

— Vous voulez profiter de moi ce soir ?

Allez, vas-y ! C'est le bon moment. J'ai encore le courage de passer à l'acte, mais je suis assise entre deux chaises : je sais que je dois le faire, que c'est la meilleure décision de ma vie, mais voilà la raison ne domine pas le corps et le cœur. Si tu savais ce que j'endure, tu aurais pitié de moi et tu prendrais vite ton plaisir, pour me conforter dans mon choix et ne plus me laisser dans cette zone grise, entre deux frontières.

— Désolé, je suis épuisé.
— Demain, vous êtes obligé.
— D'accord, chef.

Pourquoi ai-je dit « *d'accord* » ? Je me suis embrouillé. Je souhaitais asséner « *chef* » parce que je n'apprécie pas qu'elle me commande. Malheureusement, j'ai accommodé ce terme avec un mot inadapté.

Je me glisse sous les draps. Elle me rejoint et colle sa peau contre la mienne. Le désir m'affole, mais je résiste. Je ne me comprends pas : je suis ridicule ; j'ai payé cher une call-girl ravissante et j'hésite à m'en servir. Je campe au-delà de l'absurde. Je suis malheureux ; je suis triste d'être si compliqué et si tordu ; je plonge lentement dans le sommeil en nageant dans un océan brûlant de mélancolie et de frustration.

Deuxième jour

Une main me secoue.
– Debout ! Le cocktail est dans deux heures

Lizaviéta est déjà habillée : un tailleur noir, jupe au genou, chemisier blanc, foulard coloré. Elle est le calque des fantasmes que je lui ai envoyés par email.

Un petit déjeuner, qu'elle a commandé pendant que je dormais, m'attend dans le salon. Elle me sert, soubrette efficace et attentionnée. Je suis poussé dans la salle de bain avec ordre de prendre une douche. Lorsque je ressors, mes vêtements m'attendent sur le lit. De moi-même, je n'aurais pas assorti cette chemise avec ce pantalon, mais je m'incline devant le choix de Lizaviéta. Je bous intérieurement. Je suis le toutou qui obéit sans un mot aux suggestions de celle qu'il a achetée. Lorsque j'ai fini de m'habiller, elle arrange mon col et me donne un coup de peigne. Jamais Clémence ne m'a infligé une telle humiliation. J'ai à nouveau cinq ans.

Pendant le trajet jusqu'à l'université, je suis fébrile tant j'appréhende de me montrer avec Lizaviéta. On va rire derrière mon dos en voyant cette jeune femme à mes côtés. Elle n'a pas conscience de mon malaise et elle me parle de mon livre. Apparemment, elle l'a dévoré pendant la nuit et maintenant elle dissèque « *Analyse de droite du monde* » avec l'ardeur d'une nouvelle convertie, car, bien sûr, elle l'a adoré. À entendre la façon dont elle le vante, on croirait que c'est le pamphlet le plus génial qu'elle a parcouru depuis sa naissance. Voyons, Lizaviéta : tu serais bien plus convaincante si tu mentais moins, mieux. De petits compliments, vraiment tout petits, mais bien choisis, sincères, me feraient plus de bien que ta logorrhée hystérique.

Je redoute ce cocktail alors, qu'il y a encore deux jours, je me faisais une fête d'y participer. Je le voyais comme un des grands moments de ma vie. Je crains mon avenir si rétréci ; je crains la mort qui me caresse le dos depuis un an, mais je jouis en même

temps de la féminité exacerbée de Lizaviéta et je lorgne ses jambes qui émergent de sa jupe noire. Alors que nous sommes pris dans un embouteillage, elle m'ordonne soudain :
— Mettez votre main sur mes seins !
— Mais…
— Allez !
J'obéis, gêné.
— Vous excitez. J'ai envie sexe avec vous.

Je ne sais pas si ma tactique est la bonne, mais j'essaye. Je finirai bien par le dégeler. Nous ne pouvons pas rester dans cette situation fausse et ridicule.

Comment être dupe ? Comment peut-elle me désirer, moi qui ne suis qu'un être cacochyme, un moribond dont la tombe est déjà creusée ? La farce de la péronnelle tellement subjuguée par un intellectuel sexagénaire qu'elle en oublie son aspect physique ne peut pas me convaincre, bien sûr, car je suis trop lucide pour adhérer à ces bêtises. Outré, je grommelle :
— Je vous préviens, je ne vous sauterai pas dans les toilettes de l'université !

Je regrette ces mots : je deviens vulgaire, blessant, méchant. Certes, la pièce qu'elle me sur-joue est excessive, peu crédible, mais elle est aussi empreinte de fraîcheur. La circulation se débloque d'un coup. J'avais espéré, un temps, manquer la cérémonie grâce à un embouteillage providentiel, mais non ! Nous serons à l'heure et je provoquerai un scandale en m'exhibant avec Lizaviéta. On va deviner que j'amène ma putain avec moi. Juste avant d'entrer dans la salle de conférences, je supplie :
— Ne me délivrez aucune marque de tendresse, ne prononcez pas des paroles inconsidérées et n'oubliez pas : je suis l'opposant invité pour donner l'illusion d'un débat démocratique : je ne compte pas.
— Que voulez dire ?
— Eh bien, évitez de choquer les gens et ne dites à personne qu'il est un idiot.
— Non ! Non pas cela. Pour opposant !

— C'est un colloque gauchiste. Son intitulé exact est « *Débats sur les convergences des luttes en Europe, Europe capitaliste contre Europe des peuples.* » Les organisateurs m'ont invité, car ni Alain Finkielkraut ni Éric Zemmour n'ont pu se libérer. Ils voulaient à tout prix un contradicteur de droite et français pour l'équilibre des nationalités et des opinions. Ils n'ont trouvé personne d'autre que moi de disponible. Je suis un second choix et un second couteau.
— Je comprends pas histoire de couteau ? Vous avez un avec vous !
— Non, c'est une expression !
Dès que nous sommes entrés, une dame se précipite vers nous. Elle déverse un flot de paroles en anglais auquel je ne comprends rien. Je bredouille, pitoyable :
— Sorry. I don't understand.
Lizaviéta vole à mon secours et me traduit :
— Madame est madame Szecka. Elle pense vous êtes Augustin Miroux. Elle souhaite bienvenue et remercie vous être venu.
Comme le regard de l'organisatrice du colloque se pose, insistant, sur Lizaviéta, je la présente en français.
— Mademoiselle va transcrire en tchèque mon ouvrage. Elle a bien gentiment accepté de m'accompagner pour m'aider à me faire comprendre et pour que je ne perde rien des conversations. Comme vous le voyez, je suis nul en langues étrangères !
Ma compagne joue son rôle d'interprète. Elle doit se rengorger intérieurement. Sans elle, je serais perdu, isolé. Je suis mortifié qu'elle ait eu raison. Je m'enfonce ; elle prend l'ascendant sur moi. Par l'intermédiaire de Lizaviéta, j'échange avec madame Szecka des propos sans consistance puis elle s'excuse et va au-devant d'un nouvel arrivé.
— Allons au buffet et servons-nous. Personne ne viendra discuter avec moi. Je suis un paria !
— Un paria ? C'est quoi ?
— Un pestiféré !
— Vous êtes malade ? Je comprends pas !
Le français de Lizaviéta est basique. Si elle le comprend mieux qu'elle ne le parle, dès que j'emploie des expressions peu usitées, elle s'embrouille. Je me fais, bien sûr, un malin plaisir

d'utiliser des termes ampoulés afin de la perdre. C'est ma façon infantile de prendre ma revanche sur elle.

— Non ! Je veux dire : aucun des participants ne parlera avec moi, car je ne pense pas comme eux. D'un autre côté, je préfère. Leur conversation est sans doute aussi vide et pontifiante que leurs écrits.

— Ils sont jaloux. Vous les dépassez tous !

Juste pour me contredire, un homme grisonnant s'avance vers moi et me lance dans la langue de Molière :

— Bonjour, Marx de droite. J'étais impatient de vous rencontrer.

Cette expression a été inventée par un journaliste du *Figaro*. Pour lui, je suis le pendant conservateur du célèbre philosophe. Mon interlocuteur se présente, car il voit que je ne le reconnais pas.

— Fred Polks. Madame Szecka m'a informé qu'il vaut mieux vous parler en français. Vous avez de la chance : j'ai étudié longuement votre langue par amour pour Descartes. Je voulais le lire dans le texte et en saisir toutes les nuances. Je suis doué pour les langues autant que vous l'êtes pour les mathématiques.

On ne saurait pas mieux me jeter à la figure que je suis ressortissant d'un pays pourri et secondaire, que mon domaine de prédilection est scientifique et non philosophique et que je ne suis qu'un sauvage inculte, incapable de s'exprimer hors de son idiome natal. J'exagère, mais ma maladie a accentué mon cynisme. Je me renfrogne. Je suis surpris et chagriné, que notre hôtesse ait pris la peine de diffuser des informations négatives sur moi.

— Le titre de votre discours, *« Panégyrique de l'empire »*, m'intrigue. Je ne connaissais pas ce terme, panégyrique. J'ai cherché sur Internet ce qu'il signifiait. De quoi allez-vous parler ?

— Je ne souhaite pas déflorer mon sujet.

— J'attendrai donc, mais je suis impatient de vous entendre.

Je ne le crois pas, bien sûr, car ses paroles ne sont que de politesse. Pour lui rendre la pareille, j'évoque sa dernière production :

— J'ai lu votre livre. Il a pour titre, en France *« Globalité des luttes interclasses 1945-1968 »*.

J'ai consulté les ouvrages des sept autres conférenciers qui ont sans doute fait de même. Voilà pourquoi Fred Polks, qui ignorait tout d'*Analyse de droite du monde* il y a quinze jours, l'a feuilleté, mais, comme moi, il a surtout étudié les critiques parues dans la presse. Celles-ci permettent d'avoir un vernis sur une œuvre sans fournir de gros efforts. Il ne se serait jamais intéressé à mon pamphlet sinon. Ce colloque est un entre-soi : Quelques personnes bombardées « *intellectuels de haut vol* » échangent des arguments abscons sur un sujet sans intérêt. Chacun a, au préalable, vaguement étudié ce que ses collègues ont produit et le « *bas peuple* » est invité à écouter et à se nourrir de la parole des « *maîtres penseurs* ». Je suis entré par effraction dans ce petit monde qui plane à cent lieues au-dessus de la réalité.

— Et qu'avez-vous pensé de mon chef-d'œuvre ? me demande-t-il avec un sourire moqueur.

En fait, je n'ai rien compris à son ouvrage, sauf que son auteur est marxiste jusqu'au bout des ongles et qu'il voit de la lutte des classes partout, même dans la façon de s'habiller. Ses arguments sont passés au-dessus de ma tête, mais je ne suis pas un théoricien ou un philosophe comme il me l'a fait remarquer. Je ne suis donc pas le genre de public qu'il pouvait toucher. Je rétorque prudemment :

— Vos thèses ne sont pas les miennes, bien sûr.
— C'est le moins qu'on puisse dire ! Nos livres ne se comparent pas.

Ah non ! Ne te crois pas supérieur. Ne t'attaque pas à lui.

Ce que je redoutais se produit. Lizaviéta intervient, agressive :

— Pour moi, votre bouquin est mauvais, très mauvais !

Et voilà ! Un crachat symbolique en pleine figure. Cette fille est folle à lier. Ahuri, Polks, qui la lorgnait depuis le début par de petits coups d'œil furtifs, fait un pas sur sa gauche pour lui faire face. En fait, s'il est venu faire connaissance avec le Marx de droite, c'est sans doute parce qu'il a été attiré par Lizaviéta, comme le papillon par la lumière. Si c'est bien sa motivation première, il est servi.

La call-girl de Prague

Ils se mettent à débattre, à s'invectiver plutôt. Ils parlent en anglais, car Polks est américain. Je ne saisis que quelques mots. Ma cinglée assène à notre interlocuteur que son ouvrage ne veut rien dire. Je la comprends, car elle utilise un vocabulaire simple, mais les réponses de Polks me sont inintelligibles. Son accent est trop rugueux pour mes faibles capacités linguistiques.

Mon cancer revient brusquement me narguer. Depuis ce matin, il était présent, mais restait discret. Il était un passager effacé de ma conscience. Il apparaît tout d'un coup au premier plan. Je songe à ma mort. J'avais tant espéré de cette réception et elle tourne au cauchemar. Jamais je n'aurais dû accepter que cette démente incapable de se contrôler m'accompagne. Le pire est que je l'ai payée dix-mille euros. Je suis aussi fêlé qu'elle. J'interviens timidement afin de faire cesser la foire d'empoigne :

— Voyons Lizaviéta, ne soyez pas si véhémente avec Monsieur.

J'ai essayé de faire coup double : d'une part, montrer à Polks que je n'apprécie pas la furie de ma compagne et, d'autre part, la vouvoyer ostensiblement devant lui afin qu'il pense que notre relation est uniquement professionnelle et non personnelle. On ne voussoie pas sa maitresse normalement. Elle se tourne vers moi et me dédie un sourire lumineux :

— J'engueule pas monsieur. J'explique mon avis.

— Elle explique merveilleusement bien, ajoute Polks qui a l'air de s'amuser devant l'algarade.

On pardonne tout à une jolie femme, même ses outrances et ils reprennent leur discussion, mais sur un ton plus apaisé. Au bout d'un quart d'heure de débat, Polks finit par nous quitter en nous lançant « *à demain* ».

— Il veut coucher avec moi.

— Pourquoi dites-vous cela ?

— Vous avez entendu ce qu'il dit ?

— Je n'ai rien compris. Je suis nul en langues étrangères.

— Il veut dîner avec moi ce soir ou autres soirs. Il est idiot et cochon.

Si Lizaviéta qualifie Polks de porc parce qu'il a tenté de la draguer, sans doute gentiment, en quels termes me désigne-t-elle intérieurement ? De super cochon ? De pervers dégueulasse ? Polks a quarante-cinq ans ; il est séduisant ; il a un vague air de Georges Clooney, enfin juste un vague. Que ma compagne succombe gratuitement à son charme n'aurait rien de scandaleux. Tandis que jamais une jolie fille ne se donnerait, sans contreparties sonnantes et trébuchantes, à un débris comme moi.

— Vous savez ce que lui dire ?
— Non.
— Une femme avec beaux seins a toujours raison. Cochon !

A-t-il réellement dit cela ? Interprète-t-elle ? Lizaviéta est par nature excessive. Elle doit déformer la réalité et grossir ses propos. Je n'arrive pas à croire que Polks n'est qu'un goujat réduisant une contradictrice à son seul aspect physique afin de mieux lui clouer le bec même si je ne pense aucun bien de ses thèses.

— Je voulais lui donner gifle, mais je réfléchis à vos paroles : pas de scandale. Cochon !

J'hallucine. Je l'ai échappé belle. Lizaviéta, la putain, souffletant un conférencier, car il est trop entreprenant. Si elle l'avait fait, je n'avais plus qu'à reprendre l'avion.

Elle est bourrée de contradictions. Elle pratique le plus vieux métier du monde, offre son corps en échange d'une forte somme, mais joue à la féministe enragée. De la schizophrénie à l'état pur !

— Après-demain, démolissez-le quand lui parler.

Chaque conférencier doit discourir pendant une demi-heure. Son laïus sera suivi d'un débat d'une vingtaine de minutes. Nous sommes censés nous contredire. Le public pourra intervenir, s'il reste du temps, lorsque nous aurons fini d'échanger nos remarques. Ils sont sept à penser de la même façon contre un seul intrus, moi. Les œuvres de mes confrères me dépassent intellectuellement. Je ne vais sans doute rien comprendre à ce qu'ils vont asséner doctement. Je ne trouverai aucune critique pertinente à émettre, car je ne saisirai pas le fil directeur de leurs discours. Je suis un intrus et un imposteur. Je ne peux quand même pas me lever et hurler comme le ferait Lizaviéta : « *Vous êtes idiot* ! »

Et encore j'ai de la chance. Les orateurs vont nous haranguer dans la langue de leur choix, mais on a mis en place pour ceux qui seront sur l'estrade un système de traduction instantanée. Le public lira, en anglais, le texte de nos interventions sur un écran géant. Ce colloque coûte cher : il est sponsorisé par une multinationale présente dans le téléphone mobile européen. Cette firme souhaite ainsi soigner son image et pénétrer le marché jeune et branché du vieux continent. Que des intellectuels contestataires, qu'un forum où sera exalté l'altermondialisme le plus pur, qu'une caricature de Davos de gauche soient financés par une entreprise capitaliste, me laisse rêveur, mais mes confrères sont des philosophes de renommée mondiale, des médailles d'or dans leur spécialité, d'où une osmose naturelle avec la haute finance si élitiste. Cette conférence est organisée tous les deux ans dans une capitale différente. Cette année, le comité international qui décide du lieu où il se tient et du thème des débats, a choisi délibérément et par défi, un pays de l'ancien bloc soviétique, malgré le rejet que l'idéologie marxiste provoque en Tchéquie.

— Lizaviéta ! Vous allez me jurer de ne plus traiter quelqu'un d'idiot lorsque vous êtes avec moi !

— J'ai pas dit à Polks : vous êtes idiot. J'ai dit : votre livre est idiot.

— La nuance est aussi fine que la feuille d'un papier à cigarettes. Je précise ma pensée : vous allez me jurer que vous ne traiterez plus d'idiot ou de terme équivalent, un être humain ou un objet tout le temps de mon séjour.

Elle fait la moue. J'ai envie d'ajouter que je la paye assez cher pour qu'elle m'obéisse sans murmures. Elle s'incline à contrecœur :

— D'accord Augustin, mais ils sont des idiots.

Quelle mule ! Elle ne connaît pas la nuance. Pourquoi a-t-elle agressé oralement Polks ? Pour me complaire ?

Un barbu, dont je ne retiens pas le nom, vient me saluer. Il ne s'agit pas de l'un de mes sept collègues. J'ignore ce qu'il a pu écrire et à quel titre il est invité au cocktail. Nous échangeons, grâce à mon interprète, quelques mots sur la beauté de Prague, puis il s'éloigne.

— Vous le connaissez ?
— Pavel Hokta. Il a émission sur C8.
— Une émission de variétés ?
— Variétés ? Que voulez dire ?

— Avec des chanteurs ?
— Mais non idiot ! Il parle de livres. Il est très connu chez nous.

Elle me caresse furtivement la main. J'espère que personne n'a surpris son geste sinon je vais passer pour un dépravé, mais je ne nourris aucune illusion. Beaucoup dans l'assistance ont dû deviner la nouvelle profession de Lizaviéta.

— Merci Augustin. Super ! J'ai rencontré Hokta. Je suis contente. Super !

Je la dévisage, amusé. Elle n'est qu'une midinette intellectuelle attirée par le strass et les paillettes. Elle peut bien qualifier d'idiots les penseurs d'extrême gauche, elle est fascinée par eux comme une adolescente par un braillard, membre d'un *boy band*.

— Pour vous remercier, Augustin, je fais maximum dans sexe. Vous voir.

Je commence à mieux cerner sa réaction d'hier, lors de notre rencontre. Je suis pour elle l'envoyé du ciel, un moyen inespéré d'approcher *la haute noblesse philosophique*. Pour la côtoyer quelques minutes, elle était prête à toutes les bassesses, même à coucher avec un vieux pervers. Enfin, mes dix-mille euros ont joué leur rôle, à parts égales sans doute.

Quelqu'un s'approche. Je finis par perdre le fil et ne plus compter le nombre d'ombres sans consistance avec lesquelles je dialogue. Je croyais être isolé dans cette réception, rejeté dans son coin, mais ses participants, courtois et bien élevés, viennent tour à tour me saluer. Après tout je suis une des huit vedettes. Je suis certes, comme je l'ai expliqué à Lizaviéta, un second couteau invité en catastrophe après le désistement successif de philosophes de droite plus capés, mais j'ai un rôle important, voire essentiel, à jouer. Je suis l'éclatant symbole de la diversité d'opinion voulue par le sponsor. Grâce à moi le colloque ne sera pas un forum intégralement gauchiste. On pourra le qualifier de débat ; on ne m'écoutera pas ; ce que je dirai n'aura aucun impact, mais ma présence est indispensable.

Nous partons vers quinze heures. Je suis épuisé, mais un de mes rêves s'est réalisé. Au fond, je suis comme Lizaviéta : la lumière des phares intellectuels, même gauchistes, m'attire irrésistiblement. Je suis juste plus âgé, plus pondéré et plus cynique qu'elle. Ma compagne sort de la réunion avec des étoiles plein les yeux. Pour ma part, si je suis content de mes rencontres, je suis accablé par les conversations insignifiantes et creuses qui se sont succédées. Qu'espérais-je ? Une série d'échanges philosophiques de haute volée où j'aurais troqué, avec mes pairs de l'autre rive, des idées lumineuses d'une portée universelle ? Absurde ! Même les plus grands des génies passent la majorité de leur existence à débiter des insanités. Lorsque nous sommes installés dans notre Skoda, Lizaviéta me demande :

— On va à hôtel pour sexe ?
— On se promène plutôt ?
— Non, on va à hôtel. Promenade après !

Je sens monter en moi une sourde colère devant son obstination. Je veux répliquer, mais elle me coupe la parole et assène :

— Je conduis la voiture donc nous allons à hôtel pour sexe.

Je suis incapable de la contredire ; je voudrais lui jeter à la figure un « *non !* » cinglant, faire preuve d'autorité, mais rien ne sort de ma bouche. Elle a pris définitivement l'ascendant sur moi ou alors je suis ravi qu'elle me force la main ; je n'arrive pas à trancher entre les deux thèses.

Lors du trajet, elle me parle dans son sabir issu du français. Contrairement à ce que je pensais, elle a vraiment lu le livre de Polks. Elle le triture, sort des phrases et en montre la vanité. Si, tout à l'heure, elle a tenu le même discours enflammé à l'Américain, elle a eu beaucoup de chance qu'il ne réagisse pas violemment. À la place du Yankee, devant une agression aussi furieuse, je lui aurais tourné le dos et je me serais enfui à toutes jambes. Je n'aurais même pas essayé de discuter. Vu la façon péremptoire avec laquelle elle assène ses arguments, il est impossible de répliquer et d'avoir un dialogue construit et serein. Elle massacre, hache menu et carbonise son adversaire. Polks n'est pas un cochon mais un gentleman capable d'encaisser une série d'uppercuts douloureux avec le sourire. S'il a parlé des seins de Lizaviéta, c'était sa façon de dire galamment « *Je reste calme uniquement parce que vous êtes une femme* » tout en se plaçant au même niveau, primaire, à la hauteur du bas-ventre, de l'attaque.

Elle est douée : même si elle n'a démoli Polks que pour me complaire, elle a élaboré des arguments convaincants. Elle sait défendre brillamment et avec passion, une thèse, qu'elle la partage ou pas, mais j'ignore si elle rejette vraiment le marxisme ou si elle ne prend cette posture que pour me faire plaisir. Lizaviéta est une énigme complexe à déchiffrer.

Je finis par décrocher et je ne l'écoute plus que d'une oreille distraite. Je plane dans un univers imprégné par le désir et la mort, Éros et Thanatos, le duo infernal, l'un soutenant l'autre. Oui, j'ai peur du sexe, car le sexe, c'est la vie, cette vie que j'adore, cette vie qui me fuit. Je désire mon escort, mais elle n'appartient pas au monde réel. Elle n'est qu'un rêve, qu'un fétu onirique que le flot temporel va emporter.

Devant la porte de notre suite, je tremble. Je suis à peine conscient du monde et de ses contingences. Éros et Thanatos exacerbent mes sens au point de me faire monter jusqu'au ciel. Dans le salon, je me fige et je n'avance plus, mais elle me prend la main et me tire jusqu'à la chambre. Elle referme la porte de ma geôle derrière moi.

– Vous faites amour, moi être habillée ? Comme dans vos emails !

Ne pense plus ma fille ! Surtout pas ! Cela va aller. N'en fais pas une montagne. C'est comme une extraction de dents : plus vite, l'épreuve sera passée mieux le monde tournera.

Le songe est trop parfait. Dans cette semaine folle qui a précédé le voyage, lorsque j'ai échangé des messages électroniques avec Lizaviéta, je me suis mis nu sexuellement devant elle. Elle sait tout des songes stupides qui composent ma libido.

– J'ai mis une jupe large. Vous entrez en moi avec elle.

Elle m'ordonne de m'étendre sur le lit et sort du tiroir de la table de chevet un préservatif qu'elle a dû poser là en prévision, pendant que je dormais. Thanatos et Éros m'ont ouvert la porte du paradis et je ferme les yeux.

Je sens qu'elle s'empresse sur ma fermeture éclair, qu'elle me caresse. Je suis dément de désir ; j'erre au-delà de la frontière, dans des contrées que je n'ai jamais foulées, et, pourtant, je reste de marbre. Et je refuse d'ouvrir mes paupières pour la regarder alors que le spectacle érotique qu'elle m'offre est tiré de mes fantasmes, mais je suis incapable de l'affronter.

Le soufflé retombe : l'érection m'a fui. Sous la pression ses doigts et sa bouche, je finis par éjaculer, mais ma semence éparpillée n'apaise pas ma libido. Je ne ressens pas la satisfaction qu'un homme éprouve dans ces circonstances. Je suis frustré, encore affamé de sexe.

Elle m'embrasse partout sur le corps et m'assure que ce n'est rien, que j'y arriverai la prochaine fois, comme le ferait une petite amie. Enfin, à mon avis, une amoureuse laisserait paraître une pointe d'amertume devant un tel fiasco. Elle, au fond d'elle-même, doit triompher. Elle a fait son job, mais sans en supporter les conséquences. Elle est restée à la périphérie de son nouveau métier.

Je te promets que tu y arriveras. Tu as payé. Tu dois en avoir pour ton argent. Tu ne répartiras pas chez toi sans que tu n'y parviennes.

Je lui caresse les cheveux et les seins et elle fait semblant de prendre plaisir à mes attouchements :

— Augustin, j'adore vos mains sur moi.

Et elle me mordille les lèvres comme si elle était reconnaissante de mes gestes. Cette minauderie est absurde vu notre relation tarifée. Elle n'est pas mon amante ; elle est juste une fille que j'ai grassement payée. Je me demande si mes dix-mille euros ne m'ont pas empêché de la prendre ; je me demande si je ne me suis pas retenu inconsciemment ; je me demande si je ne me suis pas mis à sa place ; je me demande si je ne suis pas allé jusqu'au bout de ce que, selon moi, son âme pouvait me concéder sans se sentir souillée, car la prostitution est sale : on peut l'habiller de vêtements chatoyants ; elle flétrit les filles qui y ont recours. L'argent dépose une pellicule de boue sur les âmes et les corps, mais cette raison n'est peut-être qu'un masque que je brandis parce qu'il me grandit. Car, pour revenir à l'image du miroir, qui sait si je n'ai pas été incapable d'en franchir le tain, qui sait si je ne suis resté pas sur sa rive argentée, parce que Lizaviéta est trop belle, parce qu'elle est trop proche de mes chimères érotiques. Je flotte et je pense à ma mort. Les raisons de mon impuissance s'entrechoquent dans mon esprit, sans que je n'arrive à déterminer laquelle est la bonne ou la plus importante, mais quel serait l'intérêt, pour moi, de le savoir ? Je caresse l'idée d'implorer son pardon, mais j'ignore pourquoi elle devrait me donner l'absolution : car je ne l'ai pas pénétrée, car je l'avilis avec mes euros ?

Elle me câline consciencieusement, de petits effleurements légers et tendres. Je me suis rapidement attaché à Lizaviéta, mais je ne suis pas épris d'elle et je ne le serai jamais. J'ai trop le sens de la mesure pour franchir la barrière du ridicule, pourtant un lien m'unit désormais à cette fille que je ne connais physiquement que depuis quelques heures.

— Nous allons au docteur demain !
— Pourquoi consulter un médecin ?
— Pour demander viagra pour vous.
— Certainement pas !
— Si ! Si ! Je veux votre sexe en moi. Vous avez peur. Aussi vous avez rien. Juste peur empêche votre sexe dressé. Avec viagra vous aurez plus peur.

Dieu ! Que son charabia est exaspérant ! À moins qu'il ne lui ajoute un charme supplémentaire ? Pris d'une impulsion subite, je l'enlace et ma langue s'introduit, conquérante, dans sa bouche. Jusque-là, lorsqu'elle assaillait mes lèvres, je les tenais hermétiquement fermées. Je m'écarte comme si je m'étais brûlé.

— Pardon.
— Pourquoi pardon ?
— Je n'aurais pas dû vous embrasser ainsi. Mon geste est trop intime. Les *escorts* ne le font pas, en principe. Je ne suis qu'un gros dégueulasse.

Elle rit :
— Arrêtez dire des conneries, Augustin. C'était bon. J'aime baisers à vous.

C'est un mensonge, bien sûr, qu'expliquent mes dix-mille euros.

Lizaviéta, je veux te respecter. Je refuse que, dès que je serais parti, tu pleures sur les concessions que tu m'auras accordées. Hier, tout à l'heure, je voulais t'acheter, mais cette idée me dégoûte à présent. Non ! Augustin arrête de te gargariser : sois franc avec toi-même. À côté de ta répulsion prospère toujours son double maléfique, car la réduire à un objet sexuel possédant un prix reste abominablement attrayant.

Et « *Acheter Lizaviéta* » signifie pour moi « *Entrer mon sexe en elle* ». Le reste, m'accompagner pendant quatre jours, me saouler de compliments, prendre ma défense, mordre mes confrères, m'embrasser, me caresser n'a aucune importance et ne la souillera pas, mais lui faire l'amour serait l'acte suprême, fondateur, répulsif, d'autant plus affriolant qu'il la polluera.

Nous prenons une douche, nous nous rhabillons et nous sortons. Elle m'emmène voir la ruelle d'or où, autrefois, au numéro 22, a habité Kafka. C'était le prince de l'absurde. Que dirait-il devant mes contradictions et ma bêtise ? Le soleil déclinant, les couleurs de façades induisent une ambiance étrange. J'entre d'autant plus en résonance que je suis en décalage avec la vie. Je voudrais congeler le temps, mais il s'écoule toujours sur le même rythme exaspérant et retranche inexorablement son dû. Nous mourrons ; nous l'oublions d'ordinaire, mais la fenêtre avec laquelle nous regardons le monde se referme tôt ou tard. Thanatos occupe seul, en ce moment, mon esprit ; son jumeau, Éros, est parti.

Nous remontons lentement vers le château de Prague. J'ai du mal, car la rue est en pente. Elle veut me montrer la cathédrale Saint-Guy, là où, jadis, on sacrait les rois de Bohême, là où fut posée la couronne de Saint-Vencenslas sur la tête de Charles IV. Qui, de nos jours, se soucie de cet empereur du Saint empire romain germanique ? Combien d'humains, en dehors des Tchèques, savent en 2016 qui était ce roi ? Une poignée dont le nombre diminuera à mesure que les siècles passeront. Ce souverain n'est plus qu'une ombre ; nous serons tous un jour des spectres, même si l'éclat que nous lançons ne disparaît pas tout de suite après notre mort.

Moi qui ai été un père absent, peu attentif à ses fils, j'ai conçu et autoédité un livre pour Arthur et Jean, les jumeaux nouveau-nés de mon cadet. Je leur ai raconté tout ce que je savais sur mes ancêtres ; j'ai parlé de moi ; j'ai écrit mes mémoires, en les édulcorant, dans le cas où je mourrais trop vite, bien avant qu'ils ne prennent conscience de moi. Qui aurait cru cela de moi ? Se soucier des traces que je laisserais dans la vie affective de ma descendance, ne me ressemblait pas, jadis, lorsque mon horizon n'était pas bouché par le cancer.

Arthur et Jean appartiennent à une lignée. J'ai levé une bougie pour éclairer quelque peu leur passé. Ils feuilletteront distraitement mon ouvrage lorsqu'ils seront jeunes. Ils le consulteront, avec nostalgie, lorsqu'ils seront mûrs. Ils le donneront à leurs enfants s'ils en ont. Combien de générations sauront en le parcourant qu'elles ont eu pour ancêtre Augustin Miroux ? Trois ? Cinq ? Puis le livre sera perdu, détruit et, à un moment, il ne restera absolument rien de moi. Je n'ai fait que retarder le moment où l'on m'oubliera totalement.

La cathédrale est magnifique. J'adore le tombeau d'argent de saint Jean Népomucène et les vitraux. Je m'imprègne de ce lieu historique et je fais le plein de souvenirs et d'images colorées. Lorsque nous nous retrouvons à l'air libre, la nuit est tombée. Nous entrons dans le château de Prague que garde, figé, un soldat d'opérette. J'aime moins ce monument ; j'ai vu mieux ailleurs.

Nous redescendons vers le fleuve et nous dînons dans une auberge à colombages. Si nous étions en été, nous aurions pu nous installer sur la terrasse, mais il fait encore froid en mars.

Je commande un bock d'un litre de bière. J'ai envie d'être saoul, ce soir !

— Vous êtes content, Augustin ? me demande-t-elle à brûle-pourpoint.

Réponds-moi sincèrement, je t'en prie. J'ai honte de te voler, mais je ne peux pas te rendre l'argent. J'en ai trop besoin. Tu comprends ? C'est ma vie que je gâcherais si je devais te rembourser et je n'ai aucune autre alternative. Aussi, je dois t'offrir quelque chose d'unique en échange. Heureusement que tu n'as pas perçu tout à l'heure combien j'étais soulagée…

Je ne sais pas. A-t-on le droit d'être content lorsqu'on est cancéreux ? Je fais un vague geste d'approbation pour lui répondre.

Elle me sourit avec cet air vaguement inquiet qu'elle arbore et qui n'est peut-être qu'un masque hypocrite. Inutile de te fatiguer, Lizaviéta ! Tripadvisor ne note ni les putes de luxe ni celles de bas de gamme. Je ne peux pas te décerner des étoiles comme le font les touristes avec les restaurants et les hôtels. Je suis cynique : sa prestation est convaincante. Elle se donne beaucoup de pour me complaire. Pourquoi ai-je sans cesse envie de la rabaisser ?

J'approche ma main de son visage et lui caresse le menton. Je n'ai absolument pas prémédité mon geste ; il est spontané. J'ai été pris par l'ambiance romantique qu'entretiennent cette auberge et la jolie fille qui me fait face. J'ai oublié que j'ai cinquante-neuf ans, presque soixante, et elle vingt-trois, que dix-mille euros sont posés sur la table. Un instant, j'ai eu l'illusion d'être amoureux et d'être aimé. Quand des acteurs jouent une pièce, parfois ils s'immergent dans l'intrigue au point de la rendre plus crédible.

Elle s'empare de mes doigts et les emporte vers sa bouche pour les mordiller. J'aime la pression de ses dents ; j'aime cet instant, mais il me fend le cœur. Le vaudeville dans lequel nous pataugeons va se terminer et je retournerai vers l'hiver.

Vais-je la consommer ou pas avant la fin de mon séjour ? Ce dilemme me taraude. J'ignore ce que je veux. J'ai honte de l'acheter et, pourtant, je suis excité par l'idée de profiter d'elle, de jeter mon éthique par-delà les moulins. Je suis vraiment tordu ; je n'arrive pas à assumer que j'ai fait appel à une putain.

— En dehors du site, avez-vous déjà eu des relations intimes contre de l'argent ?

J'ai réussi à lui poser cette question qui me démangeait tant. Je suis faussement désinvolte, mais je guette ses réactions. Peut-être qu'en les décryptant je saurai : se sentira-t-elle souillée si nous faisons l'amour ? Sera-t-elle indifférente ou traumatisée ? Je crois qu'aucune des deux réponses possibles ne me satisfera : si elle s'en moque, je profiterai d'elle sans remords, mais mon double vicieux sera frustré ; il n'humiliera pas cette *escort* débutante. Dieu, que je suis compliqué ! Ma perversité m'effraie.

Elle ne répond pas immédiatement comme si elle pesait ses mots.

Si je lui dis la vérité, il fuira. Mens bien ! Il faut qu'il ne se rende compte de rien. Et flûte ! Si je lui rendais l'argent ? Je n'y arriverai pas ! C'était facile devant mon écran, mais là ! Et encore, il est gentil. Il n'est pas un monstre rebutant. Non, ma fille, tu ne peux pas te désister. Tu n'as pas le droit de renoncer à ta vie. Serre les dents et essaye d'être convaincante.

— C'est pour mon appartement. Avec propriétaire.
— En échange du loyer ?
— Oui ! Je paye rien deux fois. Deux fois j'ai pas argent pour loyer. Je fais amour avec lui. Si je perds appartement, je peux pas faire études. Mes parents ont pas argent.

Je suis nulle. C'est vraiment trop gros. Il va se rendre compte que je lui raconte des sottises.

Que c'est sordide ! Mon double maléfique s'enfuit en courant. Jamais je ne pourrai me comporter comme cet homme. Je compatis en prenant sa main :
— Cela a dû être dur pour vous.
— Oh non ! Je pense autre chose. Le temps passe vite.

Si cela pouvait être vrai ! Je verrai bien. Tenter une nouvelle fois d'avoir des rapports avec lui sera plus éprouvant que lors du premier essai. Hier, je partais la fleur au fusil ; j'étais résignée ! Cet après-midi, j'étais mal à l'aise, tendue à l'extrême. Demain, j'ai peur de ressentir des nausées lorsque je recommencerai à le caresser ! Non ! Ressaisis-toi. Tu feras bonne figure et tu lui souriras. Tu lui dois une prestation de qualité en échange de son argent.

Elle fronce les sourcils comme si elle comprenait les implications de ses confidences.
— Avec vous, c'est très bien. J'ai envie. Je vous ai montré dans la voiture.
Elle ment. Elle continue son film de la fille fascinée par le penseur du siècle.
— Vous pas comme avec propriétaire, Augustin. Je jure.

Je m'enfonce. Il va me démasquer.

Ce mot « *jure* » la trahit. Il est suspect, trop emphatique, inutile et mal placé. On n'a pas besoin de prêter serment pour appuyer ses dires sauf s'ils ne sont pas crédibles. Enfin, je ne sais

pas ; je ne suis jamais sûr de rien avec elle. Elle ajoute, faussement enthousiaste :
— J'ai hâte faire amour avec vous.

Quelle galéjade ! Lorsque nous serons enlacés, Lizaviéta, ton corps me rejettera, malgré le prix élevé que j'aie payé pour te rendre esclave, bien que je sois un intellectuel plus *fun* que les cochons qui, d'ordinaire, exploitent les filles, bien que je sois un cancéreux au bord de la tombe, bien que tu aies pitié. Elle continue sa navrante plaidoirie *pro domo* :
— Je me suis dit : tu as fait deux fois contre argent. Pourquoi pas recommencer ? J'ai cherché un site bien. J'ai trouvé. Le site paye beaucoup. J'ai de la chance. Je vous rencontre. Après vous, je ne fais plus sexe contre billets, surtout plus sexe avec propriétaire. Je suis très contente.

Je me rattrape. Il a l'air d'accrocher à mon histoire.

Quel monde mignon et merveilleux où tout s'emboîte parfaitement, mais en réalité, elle doit regretter que les contingences de la vie l'obligent à se prostituer. Pour l'instant, elle semble euphorique, indifférente aux conséquences, parce qu'elle contemple, éblouie, mes dix-mille euros. Les regrets viendront plus tard. Sur le coup, une blessure ne fait jamais mal.

La bière se diffuse dans mon corps. Je suis saoul ; je suis bien ; je suis à Prague, loin de ma vie ordinaire : le repas est bon et le spectacle offert par la belle Lizaviéta est splendide. J'ai encore deux journées merveilleuses et lumineuses devant moi.

Nous nous attardons à table avant de reprendre comme à regret le chemin de l'hôtel. Nous marchons lentement et j'essaye de ne pas trébucher pour ne pas lui faire honte. J'ai déjà été ivre dans ma vie, enfin, pas souvent.

— Dans deux jours, nous allons le soir écouter musique sur bateau, décide-t-elle.

J'acquiesce : elle est ma guide et je suis ses suggestions, quelles qu'elles soient.

— Mais vous plus boire autant. Vous êtes saoul. J'aime pas.

Elle me dispute comme le ferait une épouse ou une petite amie. Tu ne comprends pas, Lizaviéta. Je suis venu à Prague pour mettre entre parenthèses ma vie de tous les jours. Je me refuse à être raisonnable ; je dois faire des folies.

L'air frais dissipe peu à peu la brume euphorique qui noyait mon esprit. La tristesse m'envahit et me serre les tripes. Je pleure sur moi et je songe à Mitzi qui me cherchera dans la maison lorsque je serai mort. Je me sens en osmose avec le chagrin de mon chien. Une larme amère coule sur ma joue, mais heureusement ma compagne ne la voit pas.

Arrivé dans la chambre, je m'oblige à téléphoner à Clémence. Obligé est bien le mot adéquat. Ma femme est temporairement sortie de ma vie. À Prague, je suis un autre. Notre dialogue est une compilation de banalités. Si mon cocktail s'est bien passé : « *Oui très bien* ». – Si l'on excepte que la folle qui m'accompagne a failli crever les yeux d'un conférencier ! – « *Si je ne m'ennuie pas à visiter Prague tout seul* » : « *Un peu, mais la ville est belle.* ». –Ne t'inquiète pas, ma chérie, une jolie fille te remplace avantageusement ! –

J'abrège cette conversation qui sonne faux et me pèse. J'ai la tête lourde, lorsque je raccroche. Lizaviéta a changé de nuisette. Elle ne porte pas la même qu'hier. Elle a, sans doute, consacré une bonne part des trois mille euros d'acompte à s'acheter des tenues. Quelle call-girl consciencieuse ! Si elle veut rentabiliser ses acquisitions, elle va devoir continuer la galanterie.

Dans le lit, elle se montre d'humeur câline ; elle me caresse, m'embrasse ; elle n'a plus sa timidité, sa retenue d'hier et je la sens moins appliquée que tout à l'heure, plus spontanée. Est-ce parce qu'elle sait que sa vertu ne risque rien ? Ou est-ce parce que je m'habitue, parce que je suis moins sur la défensive et plus à même d'apprécier son massage sensuel, alors qu'elle n'a rien changé à sa pratique ? Quoi qu'il en soit, j'entre dans son jeu et j'effleure ses fesses, ses seins puis, pris d'une impulsion subite et vicieuse, je glisse ma main entre ses cuisses. Elle ne résiste pas alors que j'aurais aimé qu'elle s'oppose pour avoir le plaisir de la forcer. À tâtons, je trouve la fente et j'entre furtivement mon annulaire. Je le retire aussitôt et me tourne sur le côté opposé pour signifier que la récréation est finie. Un viol se définit comme tout acte de pénétration par un sexe, un doigt ou un objet contre le gré de la personne agressée : je viens de violer Lizaviéta. Que j'ai payé dix-mille euros, n'excuse pas ma faute.

La call-girl de Prague

Je vais lui rendre ses euros ! Je n'y arriverai pas !

Je suis épuisé, mais je ressasse ma journée. Je ne sais plus que penser. Je flotte dans un état incertain, grimaçant, entre veille et sommeil, car j'ai la tête farcie de pensées perverses et de dilemmes non résolus.

Troisième jour

Elle me réveille déjà parfaite et parfumée. Elle porte une robe noire, chic et ajustée, une veste blanche cintrée. Un sautoir, avec une pierre verte comme ses yeux, complète sa tenue. Elle est élégante et sexy.

Je ne ferai pas mon discours aujourd'hui, mais demain, car je ferme le bal. C'est normal puisque je suis l'hérétique chargé de porter la contradiction. La réunion commence à quinze heures et nous aurons fini à dix-neuf ; les organisateurs nous ménagent. J'ai honte de moi, je regrette d'avoir été ivre et d'avoir perdu le contrôle de moi-même. Je me focalise sur mon doigt, sur mon geste qui, dans mon esprit encore embrumé par le sommeil, me semble si impardonnable. Je l'ai violée et je l'ai rabaissée sexuellement. Je ne suis qu'un vieux satyre et je ne vaux pas mieux que son propriétaire. Cette entorse à mon éthique me perturbe ; j'avais réussi pendant quarante ans à avoir une conduite exemplaire, alors qu'un spectre maléfique planait sur mon passé, mais hier j'ai replongé dans mes sombres travers. Et puis je me révolte ; j'arrête de me battre les flancs : je l'ai payée ; j'avais tous les droits. Pourquoi est-ce que je nourris de tels scrupules. Ils sont idiots, ridicules. Personne n'en aurait à ma place.

Et la réalité, cruelle, s'impose à moi. Je suis entré dans le cercle vicieux de l'impuissance. J'ai peur de ne pas avoir d'érection et du coup je n'en aurais plus. Inconsciemment, je casserais le mécanisme de ma virilité. Hier soir, je croyais avoir un dilemme devant moi : la réduire à l'état de prostituée ou pas, choisir entre demeurer quelqu'un de bien et me priver de sexe ou m'éclater et m'asseoir définitivement sur mon éthique. Pure illusion ! Je n'aurais aucune décision à prendre vu que je suis désormais dépourvu de toute capacité érotique. Il ne me restera plus que des désirs à jamais inassouvis. Je me sens nul ce matin.

La call-girl de Prague

Lizaviéta semble indifférente à mes états d'âme. Secrétaire efficace, lunettes sur le nez, sourire aux lèvres, elle me sert mon café. Lorsque j'ai pris ma douche et revêtu les vêtements qu'elle m'a choisis, elle me déclare sur un ton désinvolte :

– J'ai pris rendez-vous avec le docteur Husak. Nous passons dix heures trente.

J'ai failli renverser le contenu de la seconde tasse de café qu'elle m'a versée tellement je suis surpris ; et furieux ; et indigné. Il n'est pas question que j'aille voir ce charlatan. Cela n'a aucun sens. Lizaviéta, d'accord, je suis incapable de te pénétrer. Eh bien, tant pis ! Réjouis-toi plutôt. Tu gagnes dix-mille euros sans fournir de contreparties trop humiliantes. Enfin si on occulte l'annulaire violeur de la nuit dernière.

Mais, bien entendu, je ne proteste pas. Elle a pris définitivement l'ascendant sur moi. Je suis une pâte molle entre ses mains. Je suis à Prague, sur une autre planète.

Lorsqu'elle me traîne dehors, je suis un peu grognon. Elle me prend bien sûr la main, se colle encore plus que d'habitude contre moi. Je ressasse ma rancœur. Je n'ai aucune envie d'aller voir ce docteur Husak. Nous allons perdre une demi-heure, voire une heure, pour rien. J'énumère dans ma tête tout ce que nous aurions pu faire à la place. Et comment arriverai-je à expliquer mon cas ? Mon dossier médical est lourd ; je ne suis pas un patient ordinaire ; je ne suis pas un homme de soixante ans qui aurait juste besoin d'un stimulant. Je suis un grand malade à qui on a retiré une partie du poumon.

Il pleut. J'aime la mélancolie de la pluie. Je suis bizarre. Personne, en dehors de moi, n'est content lorsque l'eau dégringole du ciel. Moi si ! J'aime entendre le crépitement des gouttes contre le toit de ma maison, contre les vitres. J'aime me mettre à la fenêtre et les voir tomber. J'aime être dehors sous une capuche, bien protégé. La pluie symbolise le monde effrayant et maussade qui nous entoure depuis notre naissance. Être à l'abri contre elle, comme jadis dans le ventre de ma mère, me procure un plaisir douillet.

Le médecin habite en face du monument célébrant Jan Huss, dans un immeuble élégant du dix-neuvième siècle. Son cabinet est au deuxième étage et il n'y a pas d'ascenseur. Les escaliers me tuent. Je les déteste puisque, désormais, je suis incapable de les gravir sans enflammer mes poumons et avoir le souffle coupé. Ils me renvoient cruellement à mon état de malade, d'homme sans forces et diminué.

— Il est cher, me prévient Lizaviéta, toujours soucieuse de ma bourse, mais il est bon. J'ai vu sur Internet. On a pas le choix.

Oh que si ! Nous avons le choix. Son initiative est grotesque. Augustin, pourquoi cette fille te mène-t-elle par le bout du nez ? Pourquoi es-tu incapable de t'affirmer devant elle ? De renverser la table ? Jamais je n'aurais laissé Clémence me commander de cette façon infantilisante. Jamais ! J'aurais vraiment besoin d'un psychiatre pour comprendre mes réactions.

Tu as encore le choix, ma fille. Tu peux lui rendre l'argent et nous redescendons sur la place sans pousser la porte du cabinet. Souviens-toi d'hier soir, de la nausée que tu as éprouvée. Tu as essayé, mais tu n'arrives pas. À l'impossible, nul n'est tenu.

L'accorte et blonde secrétaire, chargée de l'accueil, échange quelques mots avec Lizaviéta, puis nous fait entrer dans une pièce décorée avec goût. Sur la table, on trouve des revues en tchèque et en anglais preuve que la clientèle du médecin est internationale. Je suis mort de honte et je me demande si je survivrai à la consultation. Le praticien va immédiatement deviner le véritable rôle de ma trop belle accompagnatrice. Il saura tout de suite pourquoi j'exige du viagra. Heureusement, la prostitution est légale en Bohème et Lizaviéta n'a pas l'air d'une mineure. Le médecin ne sautera pas, dès que je serai parti, sur son téléphone pour me dénoncer à la police.

Notre attente dure peu et un quadragénaire avenant nous fait entrer dans son cabinet.

J'ai préparé une salve de mensonges débiles que je débite fébrilement : « *Mademoiselle est juste une amie. Elle a bien voulu m'accompagner pour traduire et m'aider à me faire comprendre. Mon cas est délicat, mais je sais que je peux compter sur sa discrétion. Ma femme ignore que je suis décidé à consulter en catastrophe, mais elle souffre de mes difficultés sexuelles. Surtout ces jours-ci où nous faisons une escapade romantique à Prague. Le problème paraît lui plus flagrant.* » Bref, un déluge de bêtises peu plausibles. Lizaviéta traduit ce qu'elle veut de mes âneries. De toute façon, elles ne servent qu'à faire illusion, qu'à sauver les apparences. On passe aux termes techniques. Heureusement, si ma compagne massacre ma langue natale à l'oral, elle la comprend bien, enfin je l'espère. Prions pour qu'elle ait bien rendu en tchèque les mots cancer et embolie et que le médecin comprendra la gravité de mon cas. Je ne voudrais pas m'empoisonner avec le viagra, enfin, si je l'avale. Il faudra qu'elle me le mette de force dans la bouche. Au bout d'un quart d'heure, nous sortons avec une ordonnance et bien sûr, elle m'emmène aussitôt dans une pharmacie. J'endure une nouvelle humiliation lorsque l'employée de l'officine me tend le médicament. Toute la ville de Prague va être au courant que le débris libidineux que je suis, n'arrive pas à sauter la putain qu'il a réservée. J'admire Lizaviéta de s'afficher ainsi. Sa réputation a bien plus à perdre que moi. À la rigueur, moi, on m'envie. Dans notre société misogyne, on blâme la prostituée et on applaudit le corrupteur.

Elle exige de consommer tout de suite, mais je résiste de toutes mes forces. Ma fermeté m'étonne. Comme nous n'avons pas beaucoup de temps devant nous, elle s'incline, mais je dois lui promettre sur la tête de mes petits-fils que, ce soir, nous sacrifierons à Éros. En attendant, nous suivrons ce matin le programme que nous avons mis au point lors de nos échanges électroniques : nous irons à la tour astronomique de l'horloge, car une visite en français est prévue à midi.

Je n'en peux plus ! Remettre toujours et toujours. Qu'on en finisse ! Que cela soit fait. Que je n'ai plus l'illusion d'avoir le choix.

Nous patientons sur les marches qui mènent au deuxième étage de l'hôtel de ville. Je suis un banal touriste au milieu d'une vingtaine de ses semblables francophones, enfin un touriste ordinaire ne tient pas par la main une beauté de quarante ans sa cadette. Lizaviéta me murmure sans cesse à l'oreille des petits mots gentils. Elle est ridicule. Elle en ferait moins si elle était avec l'homme de sa vie.

Une guide, dont le niveau en français n'est guère supérieur à celui de ma compagne, nous explique les riches événements historiques qui se sont déroulés dans cet édifice. J'admire la patience de ces malheureux obligés de seriner cent fois dans un mois le même *speech*. Leur public est blasé et ne vient les écouter que parce qu'un touriste doit par principe visiter et faire semblant de s'instruire. Toute notre vie, nous jouons la comédie des apparences. Nos actes sont, trop souvent, induits par des normes prescrites par la morale, l'habitude ou la coutume et nous ne cessons de brandir des masques, du berceau jusqu'à la tombe.

Lorsque nous sortons de la tour, l'averse a redoublé de vigueur. Lizaviéta a emporté un parapluie décoré de motifs de Klimt, mais il ne la protège pas. Ses cheveux et ses vêtements prennent l'eau. Elle perd de son apprêt. Je la préfère ainsi, avec cet aspect sauvage que lui donne la pluie. Lorsqu'elle est impeccablement maquillée et coiffée, elle a l'air inhumaine et ressemble à un robot de chair.

J'exige de manger italien dans une pizzeria. Elle essaye de m'imposer un autre restaurant, mais la cuisine d'Europe centrale ne me tente pas ce midi. J'obtiens gain de cause. Je suis quand même le patron.

Nous déjeunons dans un établissement choisi au hasard. Lorsque nous prenons place, elle me dédie à nouveau son sourire angélique. Ce dernier me paraît plus tendre, moins mécanique que ceux des autres jours. S'attache-t-elle, elle aussi ? Nous ne sommes pas amoureux, bien entendu. Nous ne le serons jamais. Nous ne sommes pas non plus des amis, mais je représente davantage pour elle qu'un client, enfin je l'espère. Notre relation est spéciale, particulière, mais peut-être que je m'illusionne et que, simplement, elle arrive à mettre plus de conviction dans ses mensonges à mesure qu'elle s'habitue à moi.

Je commande une banale pizza et une carafe de chianti. Elle exige que je ne boive qu'un verre de vin. Elle a raison : il ne manquerait plus que je ne devienne alcoolique.

Elle a pris un plat plus élaboré. Lorsque je lui demande s'il est bon, elle grimace. Le hasard a mal fait les choses et la nourriture est à peine mangeable. Elle en laisse d'ailleurs une partie dans son assiette.

Nous ne prenons pas de dessert et nous empressons de sortir, car nous sommes en retard. J'essaye de marcher vite pour rentrer à l'hôtel. J'ai du mal et je m'essouffle. Je suis à demi asphyxié, lorsque nous arrivons à la voiture.

Pendant le trajet vers l'université, je réponds à peine à Lizaviéta. J'appréhende la séance, de n'avoir aucune remarque à émettre parce que je n'aurais absolument rien compris aux délires marxistes des intervenants. Or je suis l'opposant : on attend de moi que j'apporte la contradiction, que je critique avec virulence. Je suis le seul qui puisse jouer ce rôle puisque les autres partageront l'opinion de l'orateur. Je suis vraiment un imposteur. Mon pamphlet me joue un sale tour. Il me fait passer pour ce que je ne suis pas : une pointure intellectuelle. Bien sûr, comme toujours dans ces cas-là, lorsque je me sens minable, je pense à la mort. Je suis mélancolique et déprimé, en harmonie avec la pluie qui martèle le pare-brise.

Je frise la panique lorsque, après nous être garés sur le parking de l'université, nous nous hâtons vers la salle du colloque. Lizaviéta va s'asseoir dans la salle. Hier j'ai demandé et obtenu qu'on lui délivre une invitation afin qu'elle siège avec les proches et les journalistes. Juste avant de la quitter, je lui laisse mes consignes :

– Vous n'intervenez sous aucun prétexte. Vous m'entendez ? Sous aucun prétexte !

– D'accord !

Il ne manquerait plus qu'elle hurle « *Votre discours est débile !* » Mais, à mon avis, elle désobéira. C'est elle qui devrait être assise à la tribune à ma place. Elle assurerait le spectacle.

Fred Polks m'accueille à bras ouverts. L'incident d'hier ne l'a pas fâché, au contraire. Il cultive sans doute mon amitié, car je suis le seul lien dont il dispose pour contacter Lizaviéta. Il me parle de nos collègues, m'interroge une nouvelle fois sur la teneur de mon laïus, me livre en confidences les prémices de son propre discours afin de m'appâter. Il finit par aborder la seule question qui lui tient à cœur :

– Votre amie sera présente cet après-midi ?

– Oui !

– Quel caractère !

Il me fait un clin d'œil.

– Vous arriveriez à la convaincre de prendre un verre avec nous ce soir après le colloque ?

La Call-girl de Prague

Je tique. Il ne me considère pas comme un obstacle. Il n'imagine pas que je suis le propriétaire du temps de Lizaviéta, que je l'ai payée soixante-dix euros de l'heure pour être à mes côtés pendant quatre jours. Il ne conçoit ni que je sois son soupirant ni qu'elle soit une *escort*. Il prend pour argent comptant la couverture que nous avons donnée : Lizaviéta est la traductrice de mon livre. Point barre ! Elle est donc susceptible de succomber, gratuitement, à son charme. J'étais ridicule lorsque j'avais peur de déclencher un scandale. Personne n'a envisagé que je puisse amener une putain à un si sérieux colloque parce qu'une telle entorse aux bonnes mœurs est tout bonnement inimaginable.

– Nous sommes pressés. Nous avons rendez-vous ensuite à la maison d'édition pour formaliser le contrat pour mon livre, mais vous pourrez sans doute la saluer.

Je lui accorde dix minutes, pas plus et je suis bon prince : je ne lui réclamerai pas les douze euros que j'ai versés à Lizaviéta pour jouir de sa présence pendant ce laps de temps.

Qui sait ? Peut-être la séduira-t-il ? Dès qu'elle me quitte, elle est libre de faire ce qu'elle veut. En tout cas, j'aurai laissé sa chance à Polks, mais j'aurai mal au ventre s'il obtient sans débourser un liard ce que j'ai payé dix-mille euros.

Le premier des quatre orateurs de cet après-midi est le plus clair des philosophes brumeux qui composent le plateau du jour, enfin si on peut dire. Il est obscur, mais j'ai confusément compris quelques-unes des idées contenues dans son livre. Je bâtis en catastrophe une question vaseuse à partir du peu que j'ai retenu. Même si son laïus s'éloigne de son ouvrage, je ne serais pas hors sujet, mais je ne sauverai que les apparences, rien de plus. Mon intervention sera pitoyable : elle n'aura que le mérite d'exister. Je cherche désespérément à l'affiner, mais je suis incapable de lui donner une véritable consistance. Après cette prestation misérable, je serai démasqué. On ne m'invitera plus jamais à une réunion universitaire. Heureusement, Polks s'est éloigné et j'ai pu m'asseoir sur la chaise la plus distante du pupitre de l'orateur. Je ne serai pas au centre de l'attention.

Le premier discours commence. Je l'écoute tendu, tout en ressassant mes pauvres arguments. Vraiment ce que je m'apprête à dire est indigent. Je suis nul. Je tressaute soudain.

La call-girl de Prague

L'orateur parle de la Révolution française et de Louis XVI. Alléluia ! J'ai une piste, une idée que j'ai vaguement développée dans mon pamphlet. Je vais lui donner plus de tonus et de répondant, la présenter sous un jour nouveau et le tour sera joué.

L'orateur a débordé de cinq minutes. J'espère que les retards ne vont pas s'accumuler, que je ne sortirai pas à vingt heures ou même plus tard.

Mes collègues posent quelques questions insipides. Je lève le bras et j'attends patiemment mon tour. Quand on me donne le micro, j'attaque et mords :

— Vous avez prétendu que Louis XVI était coupable et qu'il méritait la mort, car il trahissait son pays. Je ne suis pas d'accord avec vous. Pour moi il n'a fait que son devoir. Quand, à notre époque, un dirigeant est aux prises avec des fous furieux qui tuent et massacrent des innocents sans discernement et qu'il n'a aucun moyen de les réprimer, il fait appel à l'ONU et à la communauté internationale, qui sont alors dans l'obligation d'intervenir. On appelle cela le droit à l'ingérence humanitaire. Les révolutionnaires étaient des enragés qui, entre autres abominations, ont massacré l'amie intime de la reine, la princesse de Lamballe, exhibé ses parties génitales et commis d'innombrables crimes tout aussi atroces. Les nations unies n'existaient pas au dix-huitième siècle, mais la solidarité entre princes régnants jouait le même rôle.

J'ai provoqué un tollé et je me rassois, satisfait de ma saillie : j'ai payé mon écot au colloque. Une douce euphorie m'envahit. Plusieurs de mes collègues me répondent sur un ton passionné : j'ai osé insulter la glorieuse Révolution française ; j'ai commis un crime de lèse-majesté. On me donne une nouvelle fois le micro pour réagir, mais je déclare que je n'ai rien à ajouter et que je ne voudrais surtout pas faire déborder inutilement le temps consacré au débat. Je m'aperçois que Lizaviéta s'est levée de son siège et m'applaudit à tout rompre. Décidément elle est folle ou plutôt elle n'arrive pas à introduire de la mesure dans la pièce qu'elle joue.

On passe au deuxième orateur. Le premier conférencier était lumineux par rapport au second. Là, je déclare forfait ; je ne vois aucune prise pour l'attaquer. Non pas à cause de la force de l'argumentaire, mais parce que celui-ci me passe au-dessus de la tête. « *La verticalité de la lutte dans l'université européenne* » est une forêt impénétrable. Le débat qui suit se traîne. Mes collègues n'ont pas dû comprendre grand-chose, car en dehors de leurs félicitations rituelles, leurs interventions sont creuses. Je sens qu'on se tourne vers moi ; je suis le bateleur chargé d'éructer et de mettre le feu, mais je n'ai absolument rien à dire. Ah si ! Voilà l'ombre d'une méchanceté. Elle est vraiment douteuse, mais je la tente. Tant pis, ils l'ont cherché : ils n'auraient pas dû m'inviter.

— Mon cher collègue parle de la répression. Il affirme avec force qu'elle est consubstantielle à notre société, mais a-t-il fait de la prison ? Craint-il d'être arrêté à l'aube ? Appréhende-t-il que son corps ne soit jeté dans un fossé ?

Je me rassieds ; je viens d'énoncer une grosse sottise, la même idiotie que je débitais à mes camarades gauchistes pendant mes années de lycée et d'université. J'ai connu mai 68, les printemps agités qui ont suivi, les grèves lycéennes, étudiantes, les occupations de bâtiments, les « *assemblées générales* » où je portais la contradiction, lorsque j'avais du temps à perdre. Nous nous croyions des aigles ; nous n'étions que des petits morveux qui rabâchaient des arguments éculés, usés et stupides, du type du pétard mouillé que je viens de lancer. Une quarantaine d'années plus tard, les discours des jeunes révolutionnaires se sont épaissis. Ils sont devenus abstrus. Ils sont écrits dans une « *novlangue* » qui donne au vide l'illusion de la profondeur et de la hauteur.

On me répond dans cette phraséologie pseudo-marxiste qui me révulse. Le moins obscur de mes collègues me lance que la démocratie bourgeoise sait si bien manier la répression qu'elle disparaît aux yeux de tous ; enfin, je traduis.

Je m'enhardis ; je jette une grenade de temps à autre au milieu du débat, rien de profond ni même de sensé, et pas nécessairement lié à ce qui vient d'être dit. Je ne cherche qu'à agacer comme jadis lorsque j'étais adolescent ; je m'offre une cure de jouvence. La simplicité primaire de mes arguments fait contraste avec l'obscurité des sermons pontifiants de mes confrères. Je me rengorge, mais ce n'est qu'une posture de ma part. En fait, je ne vaux pas mieux qu'eux. De leur côté, mes adversaires doivent me prendre pour un benêt sans envergure, un dialogue de sourds, de la pure gesticulation !

Nous finissons à dix-neuf heures trente. Lorsque je me lève, Polks se rapproche de moi. J'avais oublié que je lui ai concédé dix minutes du temps de Lizaviéta. Il me félicite, goguenard, pour ma pugnacité. Il se moque de moi, bien sûr : il doit me prendre pour le Huron de Voltaire. Si l'on se fie à mes interventions d'aujourd'hui, je suis un clown sans aucune consistance intellectuelle. Lizaviéta court vers nous ; elle se jette sur moi et, enthousiaste, m'embrasse sur les deux joues.

— Augustin vous avez été génial. Vous avez dominé le débat !

J'ai honte qu'un témoin entende ses âneries. Elle est incapable de mettre de la mesure dans son jeu. La pièce doit s'arrêter lorsque je ne suis pas seul, mais, sans doute, estime-t-elle qu'au contraire elle doit amplifier ses compliments pour impressionner mes adversaires.

— Fred a tenu à vous saluer avant que nous partions chez l'éditeur.

— J'aurais aimé reprendre notre discussion d'hier, mais vous êtes pressée par le temps, je crois, aujourd'hui. Demain soir, seriez-vous libre pour dîner avec moi ?

Il a tenu à parler en français par politesse à mon égard, mais il ne m'a pas invité. C'est donc un rendez-vous galant qu'il demande, et non une nouvelle confrontation d'idées. Je bous intérieurement. Pas touche, Fred : elle est ma propriété privée pour encore un jour et demi. Lizaviéta esquisse un sourire narquois.

— Désolée, demain, je repars après la réunion vers Ostrava. J'habite la ville.

— Et demain midi ?

— Ah non ! Je termine travail avec Augustin.

Je suis aux aguets. Je me demande ce qu'elle répondrait s'il lui proposait un rendez-vous hors du temps que j'ai acheté. Encore une fois, je serais furieux s'il lui faisait l'amour gratuitement. J'entraîne mon esclave temporaire.

— Nous devons y aller, sinon madame Frikel va nous attendre.

Il n'y a bien sûr pas de madame Frikel. J'ai inventé ce nom pour donner corps à la fantomatique éditrice. Polks tente une ultime manœuvre et donne sa carte à Lizaviéta. Polie, elle la range dans son sac. Lorsque nous sommes dans le couloir à l'abri des regards, elle me lance :

— Vous êtes jaloux, Augustin. Je vois cela : vous êtes énervé.

Était-ce donc si flagrant ? La honte me submerge. Polks a dû s'apercevoir de mon trouble. J'ai été ridicule. Je pourrais être le père de Lizaviéta. Elle m'embrasse sur les lèvres comme si ma contrariété la ravissait : toujours sa posture !

— Et si vous aviez été libre ce soir, auriez-vous dîné avec lui ?
— Non.
— Parce qu'il est trop vieux ?

Elle rit :

— Mais non bêta, il est pas vieux, mais pas envie restaurant avec lui.

Je ne sais pas où elle apprit ce mot « *bêta* » qui n'appartient pas au français courant, peut-être dans une de ses lectures ? Une question me brûle les lèvres, mais je ne la pose pas, car je n'aurais de réponse sincère. « *Et moi, sortiriez-vous avec moi si je ne vous payais pas ?* » J'aurais droit à un « *oui* » enthousiaste et menteur.

Je suis grotesque ; je paye sans marchander afin qu'elle me joue la comédie, qu'elle me place sur un piédestal, mais, en fait, je voudrais qu'elle soit sincère. Je suis incohérent.

Dans la voiture, elle parle. Elle décortique les diverses interventions. Son analyse est étonnamment juste, mais elle ne m'intéresse pas. Cette conférence est un jeu d'ombres. Il est inutile de lui donner une importance qu'elle n'a pas. Je repasse le fil de ma future intervention dans ma tête. Je vais prononcer le discours de ma vie. Même si je devais survivre vingt ans à mon cancer, je n'en ferais plus jamais d'aussi essentiel, d'aussi révolutionnaire. Je jubile à l'idée de provoquer les marxistes de salon qui hantent le colloque, mais j'appréhende également leurs réactions hostiles. Jusqu'à présent j'étais serein, car « *Panégyrique de l'empire* » était un objet évanescent qui flottait dans les limbes. Ce fantôme s'approche désormais du monde réel et va entrer dans l'arène. Je dois le réussir à tout prix et il doit être parfait, sans failles ; il faut qu'il résonne comme un coup de cymbales ! La tâche qui m'attend m'écrase subitement.

La call-girl de Prague

Je caresse l'idée de le déclamer ce soir à Lizaviéta afin de me rassurer sur son effet, de savoir ce qu'elle en pense et quelles critiques elle émet. Au vu des synthèses qu'elle m'assène avec aplomb, elle m'aiderait sans aucun doute à gommer les aspérités de mon laïus. Elle est douée en sciences politiques. Il ne faut surtout pas la réduire à ses cheveux blonds et ses beaux seins comme le fait mon camarade Fred.

— Augustin, demain vous les terrasserez. Vous ne ferez qu'une bouchée d'eux.

A-t-elle deviné mes pensées ? Mais ces encouragements appartiennent à la comédie dans laquelle nous pataugeons, elle et moi. L'exagération et le théâtre ont leurs limites et au final je préférerais plus de vérité de sa part. J'ai faim d'une relation authentique, mais les dix-mille euros que j'ai posés sur la table perturbent nos rapports.

Non ! Je ne livrerai pas aujourd'hui la primeur de mon discours à Lizaviéta. Je veux qu'il reste un mystère pour tous jusqu'au dernier moment. Je suis orgueilleux et je me refuse à solliciter une aide, aussi minime quelle qu'elle soit. « *Panégyrique de l'empire* » n'appartient qu'à moi et à moi seul. Il n'aura aucun coauteur.

Alors que notre voiture roule sous une pluie battante, je prends conscience peu à peu de l'excessive importance qu'a prise mon laïus. J'ai connu une vie médiocre, vide ; j'ai conçu un livre malhabile qui pour des raisons obscures a rencontré le succès. Si je ne renie pas le fond, je déprime chaque fois que je le relis tellement la forme est nulle. J'ai mis mon âme, ma vie, mes tripes dans mon panégyrique. J'ai léché chaque formule avec soin. Jamais, je n'écrirais un texte qui lui soit supérieur, même si je devais vivre pendant des années. Je ne suis venu à Prague que pour lui. J'aurais décliné l'invitation des organisateurs si je n'avais pas conçu ce discours. Lizaviéta n'est qu'un à-côté. Puisque j'étais hors des œillères de ma vie routinière, j'ai choisi de tout dynamiter. Mon panégyrique chevauche ma mort et la cache en partie. Malgré lui, je sens l'âpre et glacée morsure de la faucheuse sur mon corps. Mon temps ne se compte plus qu'en mois. Je souhaite désespérément jeter une ultime lumière avant de plonger dans les ténèbres. Mille participants au colloque m'écouteront, une occasion unique d'exister dans des souvenirs au-delà de la tombe. Jusqu'au bout, j'ai modelé en esprit mon panégyrique. Il ne pesait pas sur mes épaules tant qu'il n'était pas définitif. Je ne peux plus rien changer désormais et je panique. Le verdict va tomber demain et il me fait peur.

Nous garons la voiture au parking de l'hôtel et nous dirigeons à pied vers un restaurant choisi par Lizaviéta. Après le fiasco de ce midi, je n'ai plus droit à la parole. Heureusement, la pluie a cessé et nous échappons aux gouttes. Lorsque nous sommes attablés l'un en face de l'autre, elle me touche le tibia avec son escarpin.

– Je suis heureuse. Ce soir, vous profitez de moi, me jette-t-elle avec un large sourire.

Il faut absolument que tu y arrives, car je serai incapable de reporter une nouvelle fois l'épreuve. Tu ne t'imagines pas combien c'est dur pour moi de me préparer mentalement pour rien. Je me résigne, je me répète que, dans une heure, ce moment qui me fait si peur sera dépassé, avalé, digéré et puis au final, je me débats toujours dans la même ornière. Jamais, je n'aurais imaginé que j'aurais autant de mal à passer à l'acte.

Elle rabâche toujours ces mots ineptes, ces faux-semblants hypocrites, à moins qu'elle ne soit si consciencieuse qu'elle estime indispensable, obligatoire, que je la possède ?

Qui es-tu Lizaviéta ? Es-tu une comédienne qui joue une partition sans couacs ? Es-tu une fille qui s'oblige à faire le maximum pour justifier l'argent versé ou une midinette intellectuelle que mon aura de penseur fascine ? Non ! Je ne crois pas à cette troisième possibilité. J'ai trop le sens de la mesure.

Voilà bien le drame de l'Humanité. Nous ne savons jamais ce que les autres pensent réellement. Nous n'avons que quelques pistes, selon ce qu'ils veulent bien laisser paraître. Nous interprétons au gré de nos préjugés. Et y a-t-il une vérité unique de nos sentiments ? Nous sommes si embrouillés que plusieurs d'entre elles coexistent en nous.

Le corps de Lizaviéta et mon discours appartenaient à mes rêves. Ils vont s'incarner dans le monde du réel. Ils étaient des grigris que j'évoquais afin de conjurer mon angoisse. Je les peaufinais, je les modelais afin qu'ils occultent la mort. Une fois qu'ils auront pris chair, une fois que je les aurais consommés, je n'aurai plus aucune protection contre les radiations de l'impitoyable Thanatos.

Non ! Renonce ! Rends-lui l'argent ! C'est trop difficile.

Lizaviéta sort le viagra de son sac. Elle me l'avait demandé lorsque nous avions quitté la pharmacie, car, selon elle, la boîte déformait ma poche de manteau.
J'ai l'impression que tout le restaurant nous regarde, que tous ses convives devinent qu'elle étudie la notice d'un stimulant sexuel, et que le vieux veut, mais ne peut pas. Bien sûr, ma crainte est exagérée.
– Prenez le médicament maintenant, décrète-t-elle. Il marche pas tout de suite. Prenez-le avant.

S'il avale son cachet, tu ne pourras te plus désister, ma fille. Non ! Déclare forfait ! Tu n'y arriveras pas.

Elle sort un comprimé de son emballage et le dépose dans mon assiette. Je le regarde, grognon.
Si je lui obéis, aurai-je encore le contrôle de mon sexe ? Depuis mes vingt ans, je me surveille. Je refuse d'être la proie de mes passions ou de mes envies. Je me suis laissé emporter par mes fantasmes jadis, un désastre aux conséquences effroyables.

Et puis flûte ! Tu ne vas pas gâcher ta vie, parce que tu es incapable de faire un truc sans aucune importance. Arrête tes caprices. Muris enfin ! Tu as examiné le problème sous toutes les coutures et tu as pris la meilleure décision possible. Le vin est tiré et tu dois le boire.

– Allez ! Prenez-le. Je veux que vous profitiez de moi.
Son ton est impérieux. Elle ne me conseille pas : elle m'ordonne. Je suis pourtant son patron et j'ai le triple de son âge, mais elle mène le bal.
J'obtempère. Que puis-je faire d'autre ? J'ai payé une call-girl et je dois l'assumer.

J'avale une gorgée d'eau sous le regard attentif de ma compagne. Elle m'applaudit et joue toujours et encore sa comédie stupide, mais que ce cirque est grotesque !

— Super ! Vous aurez beaucoup plaisir. Je suis douée.

Thanatos exaspère ma peur. Je me sens subitement étranger à ma propre vie. Elle babille pendant le reste du repas. Elle me parle d'Ostrava, de ses études, de ses espoirs, du travail qu'elle envisage. Lizaviéta soigne son image. Si on l'écoute, elle est un bulldozer qui n'a pas froid aux yeux et qui balayera tous les obstacles qu'elle rencontrera, mais est-ce la réalité ? Peut-être qu'elle invente un scénario à mesure qu'elle me livre de fausses confidences.

La pluie, qui nous avait épargnés à l'aller, redouble d'intensité lorsque nous sortons. Elle me passe un bras autour de la taille et tient son parapluie de l'autre main. Notre couple est improbable. Quiconque le croise sait aussitôt à quoi s'en tenir. Pourquoi s'exhibe-t-elle ainsi dans une posture aussi indécente ? Heureusement, l'orage a chassé les passants et nous ne rencontrons presque personne. Lorsque nous arrivons à l'hôtel, nous sommes trempés. Elle me fait déshabiller et telle une maman poule me sèche avec une serviette.

— Restez en slip et téléphonez à votre femme. Je remets mes habits d'hier. J'attends dans la chambre.

La maîtresse parfaite qui rappelle à son amant de contacter son épouse. Bien entendu, je m'exécute. Pourtant, je n'avais pas vraiment envie de parler avec Clémence. À Prague, elle est une incongruité. Beaucoup enlèvent leur alliance lorsqu'ils trompent leur conjoint pour ne pas mélanger vie officielle et vie cachée. Lorsque je serai de retour dans mon univers étriqué, je replacerai tous les cadres de ma maison à l'endroit adapté et elle reprendra alors toute sa place. Je remettrai mon anneau.

Que notre échange conjugal est vain, une flopée de mots et d'expressions insipides : « *Comment va Mitzi ?* » « *Très bien elle t'attend.* » Comme si un chien ressentait l'absence de son maître. « *Tu as des nouvelles d'Arthur et de Jean ?* » « *Juste un SMS, tout va bien.* » Trois mots. Souvent on n'obtient rien de plus de mon fils cadet. C'est un garçon !

Je fais durer notre échange, car de l'autre côté de la porte m'attend le fantasme de ma vie. Dieu, que j'ai peur ! Thanatos et Éros dansent la farandole dans mon esprit. Lorsque je raccroche enfin, je sens que je n'ai plus aucune échappatoire. J'irai jusqu'au bout de mon rêve. Pourtant, je caresse l'idée folle de piocher dans l'armoire un pantalon et une chemise et de me réfugier dans le salon de l'hôtel. Si je m'enfuyais, je serais ridicule et elle serait capable de me donner la chasse.

Elle a dû entendre que j'ai cessé de parler, car elle ouvre la porte, tout sourire. Pourquoi suis-je si compliqué ? Pourquoi ne pas jouir paisiblement de ce qu'elle m'offre sans me poser de questions ? Je n'arrive pas à bouger et elle doit s'approcher de moi. Malgré mon inertie, elle me tire jusqu'au lit et le rituel d'hier commence. Cette fois-ci, je garde les yeux ouverts. Les émotions me submergent et me noient. Thanatos, le dieu de la mort, et Éros, celui de l'amour, nous contemplent, assis ensemble sur le fauteuil de la chambre. Le viagra a libéré ma libido et m'a permis de couper les entraves qui me retenaient. Lizaviéta n'a pas grand-chose à faire pour me faire entrer, par effraction, au paradis. Très vite, elle place sur mon sexe un préservatif rouge et me chevauche aussitôt. Malgré mon excitation, je ressens l'âcre morsure de la culpabilité. Je viens d'abdiquer devant l'animal qui m'habite et je me le reproche. Puis tout finit par se dissoudre dans une flaque de lumière.

Plus tard, alors qu'elle repose à mes côtés, je déprime. Éros s'est enfui et il ne reste que Thanatos.

Souris-lui. Il ne doit ne se douter de rien, surtout pas. Voilà : c'est fait. Depuis quinze jours, j'ai imaginé cet instant. Je me suis répété des milliers de fois que cet acte était vide, qu'il ne serait qu'un fragment de temps, sans signification particulière. Il faut juste maintenant que je m'en persuade.

— Êtes-vous heureux Augustin ? me demande-t-elle d'une petite voix enfantine.

Hier, lorsqu'elle m'a posé cette question, je n'ai su que lui réponde. Le ton qu'elle emploie me met au supplice, car il est trop révélateur. Lizaviéta n'est pas une femme mature qui assume ses choix de vie, qui accepte de se prostituer. C'est une gamine qui a mis sa main dans un piège retors. Comme appât j'avais placé dix-mille euros. Elle s'est entortillée dans les filets et n'a pas réussi à se libérer. Je suis l'araignée qui a dévoré sa proie !

Non, Lizaviéta ! Je ne suis pas heureux. Mon fantasme s'est réalisé, mais dès qu'il a reflué dans son antre sombre, je l'ai vu sous son vrai jour, tordu et sadique. Ce qui me fait peur, ce qui m'humilie, ce qui me perturbe, c'est la trouble jouissance que j'ai ressentie lorsque je t'ai prise, c'est l'équivoque volupté de t'avoir achetée. Tu comprends ? Achetée. Avoir réduit la magnifique jeune femme que tu es à un vil objet possédant un prix m'a procuré un plaisir vicieux et décuplé et je ne me le pardonne pas.

— Vous n'êtes pas heureux, Augustin ? s'inquiète-t-elle.

Il faut absolument que tu sois comblé, que tu en aies eu pour ton argent, car il faut que tout ceci ait un sens, sinon….

Je lui prends la main.
— Merci, merci.
Je dois cacher la déception bizarre qui m'étreint. Si elle devinait mes pensées, elle serait humiliée !

Son ton n'est pas naturel. Il n'a pas eu le plaisir qu'il attendait ! En plus, je suis nulle au lit.

— Demain, nous recommencerons, décrète-t-elle.
Bien sûr, je renouvellerai l'expérience. Il n'y a que la première transgression qui coûte. Les autres suivent naturellement.
— Il ne nous reste qu'un jour et demi, constate-t-elle sur un ton qu'elle s'est efforcée de rendre nostalgique.
Elle joue toujours sa comédie qui m'étouffe. J'ai envie de hurler, d'arracher les masques. Tu me mens, Lizaviéta ! Et je te mens. Je ne suis qu'un pervers polymorphe, mais ni toi ni moi ne sommes capables d'affronter la vérité.

Nous nous câlinons encore quelque temps comme le feraient de vrais amants. Nous avons besoin l'un et l'autre de ce jeu stupide pour occulter le côté sordide de notre relation.
Lorsque je me tourne sur le côté pour dormir, mon esprit est en déroute. J'ai honte. Le souvenir sensuel de mon étreinte

ronge les fondements de mon éthique. Jamais, depuis quarante ans, je n'ai ressenti un tel plaisir. Je me méprise et je me hais, mais ce ne sont là sans doute que des postures, que des paravents que brandit ma morale pour masquer sa déconfiture. Pour oublier, je me concentre sur mon discours. Je le récite une nouvelle fois dans ma tête. Alors que je le portais aux nues, il m'apparaît tout à coup nul et sans relief. Il est la dernière carte que je possède. Lorsque je l'aurai jouée, plus rien ne me protégera contre la mort. Le sommeil me fuit ; je ressasse longtemps, à demi conscient, et je ne m'endors que sur le matin

Quatrième jour

Je suis épuisé lorsqu'elle me réveille et je dois faire un effort pour me lever. Elle est vêtue aujourd'hui d'une robe chic de couleur bleu marine et d'un gilet blanc. Comme les autres jours, je suis servi tel un pacha par une parfaite hôtesse. J'aurai du mal à me réhabituer à la vie normale. Lorsque je me suis rasé, lavé et habillé, elle me propose, consciencieuse, de faire l'amour. J'hésite, mais je décline. Je meurs d'envie de la prendre, mais je n'assume pas mon désir.

– D'accord, nous ferons ce soir, admet-elle, conciliante.

Je m'attendais à un siège en règle à l'issue duquel elle m'obligerait à la consumer à nouveau. Son renoncement me laisse insatisfait. Je suis compliqué ; j'ai été incapable de répondre « *oui* » alors que j'avais besoin de me distraire et d'alléger la pression. Je suis terrorisé et mon panégyrique me décourage. Il me paraît commun, superficiel, indigne de ce colloque. Le temps va me sembler long jusqu'à dix-huit heures, jusqu'au moment où j'entrerai dans l'arène !

Elle m'a concocté une excursion sur les hauteurs du château de Prague. Nous prenons le tram qui grimpe allègrement une colline et lorsque nous descendons, nous nous arrêtons dans une auberge pour déguster une bière célèbre brassée par des moines.

Nous nous sommes installés sur la terrasse de l'établissement, car le soleil brille, ce matin et l'air est chargé d'effluves printaniers. Si je ne devais pas prononcer ce maudit laïus, si je n'avais pas cette fichue maladie, je vivrais un moment de pur bonheur comme on n'en rencontre que peu dans sa vie, mais que de « *si* » qui me gâchent l'existence ! J'essaye de me secouer : demain, je reprends l'avion ; je quitterai Prague et ces quatre jours hors du monde ; plus jamais je ne reverrai Lizaviéta. Profitons d'elle au maximum alors que j'en ai encore le droit.

La call-girl de Prague

Lorsque nous repartons, elle me délivre de nouveau ses marques absurdes de tendresse, mais curieusement elles me paraissent moins insupportables que les autres jours. Pour faire diversion et tromper mon angoisse, je me demande quelle image de Lizaviéta se révélera la plus marquante, quelle sera celle qui me viendra naturellement à l'esprit lorsque, revenu chez moi, je penserai à elle. Je fais soigneusement défiler dans ma tête tout mon séjour depuis notre prise de contact. J'écarte seulement le moment où nous avons fait l'amour. Cette scène est trop violente. Je n'arrive pas encore à l'affronter sans culpabiliser et j'étais ailleurs ; je ne la voyais pas.

Alors que nous descendons lentement le chemin piétonnier qui nous ramène vers le château et la cathédrale, je finis par conclure que la scène la plus mémorable s'est déroulée au restaurant le premier soir, lorsqu'elle a pris sa tête entre ses mains et qu'elle m'a asséné : « *Vous avez peur Augustin ; peur de maladie ; pas du sexe. Vous avez envie de sexe. On donne pas une grosse somme comme cela.* »

Dans le jeu d'apparences qui compose notre relation, j'ai saisi le moment où elle s'est montrée la plus sincère.

– Ce soir, vous voulez sodomie ? me demande-t-elle brusquement comme si elle élaborait le menu du souper.

Elle a parlé fort et le couple qui nous croise a dû entendre ce qu'elle a dit. Espérons que ni la fille ni le garçon ne comprennent le français. Sa question me laisse sans voix et je ne sais que répondre. Elle fronce les sourcils et insiste :

– Cela vous tente ou bof ? Si oui, on fait. Profitez ! Votre séjour doit être magnifique.

– Je vous l'ai déjà dit : je ne l'ai jamais pratiquée.

– C'est une occasion ! Les hommes aiment sodomie.

À Rome, fais comme les Romains. J'ai rempli une cruche avec le vin de la débauche. Vidons-la. Qu'il ne reste rien de ce nectar corrosif !

– D'accord.

Tu seras indulgent ? Je m'appliquerai et j'espère que j'y arriverai. J'ai la nausée lorsque tu m'approches, tu sais, une nausée légère, une barre sur l'estomac : je ne risque pas de vomir sur toi, bien sûr, mais mon corps réagit. Ce n'est pas de ta faute, Augustin, mais de la mienne. Et puis tant pis !

La Call-girl de Prague

Je dois me secouer : j'irai jusqu'au bout de notre contrat et tu te souviendras de moi ! Jamais tu n'auras eu une amante comme moi ! Je te le promets. Et avec le temps je relativiserai ; tout cela me paraîtra anodin et mes craintes me feront sourire.

Je suis incapable d'ajouter d'autres mots pour marquer mon approbation. Je fuis la crudité de mon envie tant elle me fait honte et une nouvelle fois je me demande quelle est la personne dont je partage la vie depuis trois jours. D'abord, quels sont les points dont je suis sûr ? Ils sont peu nombreux : c'est une femme ; elle a sans doute vingt-trois ans et, vu sa culture, il y a de grandes chances qu'elle aille à l'université. Le reste n'est que conjectures et rideaux de fumée. Étudie-t-elle l'histoire, les langues, le droit, la physique nucléaire ou je ne sais quoi ? Vit-elle vraiment à Ostrava ? Quel est son véritable prénom ? Est-elle une jeune femme sage qui s'oblige à des pratiques sexuelles qui la dépassent ? Ou au contraire, a-t-elle appris les rudiments du sexe avec une foule d'amants ? Mais au-delà de ces interrogations récurrentes, une seule m'importe en fait : qu'a-t-elle pensé lorsque nous avons fait l'amour ? Était-elle indifférente ? S'est-elle sentie humiliée ? Entre les deux attitudes ? Ou les deux en même temps ? J'en ai assez ! Depuis que je l'ai rencontrée, ces questions tournent en boucle dans ma tête jusqu'à l'obsession. Je radote ; je m'épuise à ressasser : comment obtenir une réponse sincère ? En l'interrogeant franchement lorsque je la quitterai ? Mais elle continuera à me mentir sur sa lancée. Dieu que c'est exaspérant ! Je nourris toujours et toujours les mêmes pensées : je n'évolue pas ; je stagne.

Nous avons marché trop lentement. Nous n'avons pas assez de temps pour visiter le musée de Kafka. C'est dommage, mais je suis diminué et j'ai perdu l'habitude de faire des efforts. D'ordinaire je reste assis à mon bureau ou sur mon canapé, si on excepte quelques promenades avec Mitzi.

Pour meubler une demi-heure avant d'entrer dans un restaurant, je lui propose d'aller dans un parc qui s'étend le long du fleuve et de trouver un banc où nous poser quelques instants. Elle accepte, faussement enthousiaste. Nous prenons un siège exposé au soleil, car l'ombre m'est traître. Je n'ai plus le droit de prendre froid. Bien entendu, elle colle sa tête sur mon épaule dans un abandon qu'elle voudrait romantique. Je joue un film où je suis un acteur, un vaudeville où les cinq sens sont sollicités et non un seul, comme d'ordinaire. L'expérience est troublante. Elle finit par se coucher carrément sur mes genoux :

— Je suis si heureuse, vous savez.

Le « *vous savez* » me titille. Devine-t-elle que je n'adhère pas à sa comédie ? Elle aggrave son cas en ajoutant :

— Je souviendrai toujours de ces quatre jours.

Point Godwin du romantisme ! Elle a invoqué le cliché type : le souvenir qui traversera jusqu'à la mort les décennies d'une vie encore balbutiante. Mon Dieu que sa remarque est saugrenue, pathétique même, digne d'un scénario de série Z, mais je ne la démasque pas. À quoi bon ? Elle me prend la main et me demande :

— Vous êtes nerveux, Augustin. Vous avez peur pour discours, mais il va bien passer. Vous pas avoir peur.

— Ils vont le mettre en pièces.

— Je ne comprends pas. Que veut dire pièces là ?

— Ils vont me critiquer.

— Et ? Vous avez une phrase avec un crapaud et colombe. Je l'ai vue au lycée.

— La bave du crapaud n'atteint pas la blanche colombe.

— Voilà ! Vous êtes au-dessus. Vous volez. Ils rampent. Croyez en vous, Augustin.

Tu réussiras. Aie confiance, Augustin.

À ce moment-là, j'aime Lizaviéta, un sentiment fulgurant, hors-sol, désincarné, ridiculement absurde. Comment un vieux qui a un pied dans la tombe peut-il s'éprendre d'une jeune femme de vingt-trois ans ? Nous n'appartenons pas au même monde. Regarde-toi mon ami. Elle est humaine et tu es un zombie. Je souligne du doigt son visage, sa bouche, ses sourcils. Elle me regarde, souriante et je suis pris d'une impulsion subite :

— Je voudrais avoir accès à vos pensées.

Je regrette aussitôt d'avoir prononcé ces mots. Je refuse la vérité, car je ne veux pas gâcher la fin de mon séjour.

— Pourquoi ? Que voulez-vous savoir, chéri ?

Ce mot « *chéri* » me bouleverse. Il a beau avoir été prononcé par une prostituée de luxe que j'ai grassement rémunérée, il me foudroie, d'autant plus que c'est la première fois qu'elle l'emploie.

Je me tais. Je me contente de faire glisser mes yeux de son visage jusqu'à ses chaussures blanches en passant par ses genoux qui émergent de sa robe.

– Alors, Augustin ?
– Si je vous pose une question pour laquelle j'exige que vous me répondiez franchement, le feriez-vous ?
– Bien entendu ! Je vous écoute.
– Plus tard. Nous avons encore le temps !

Je devine ce que tu veux me demander. À quoi bon, Augustin ? Qu'auras-tu de plus ?

Pourquoi détruire mes illusions ? On attend la fin d'un film pour le critiquer. Tant qu'on le regarde, on reste plongé dans l'intrigue.

– Allons-y. J'ai faim.

J'ai surtout envie de fuir cette scène trop romantique, trop parfaite, trop ridicule.

Tandis que nous revenons vers le mythique pont Charles, et au-delà vers le ghetto juif, je mets au point ma question : « *Quel est le pourcentage de sincérité dans vos gestes à mon égard ?* » Je suis un mathématicien, dont la spécialité à l'agrégation était les probabilités. Je ne m'exprime qu'en chiffres. Je trouve que ce sont les plus à même de rendre compte de situations complexes. Les hommes sont trop souvent binaires : « *blanc* » ou « *noir* », « *J'aime* » ou « *Je n'aime pas* ». Pour moi une réponse ne doit pas être « *oui* » ou « *non* », mais « *à 70 % oui* » et « *à 30 % non* ». J'ai affiné ma question, mais j'ignore si j'arriverai à l'interroger.

Nous entrons dans une auberge aussi charmante que toutes celles que ma belle Morave a choisies auparavant. Elle a un goût sûr ou alors elle a lu tous les commentaires de Tripadvisor pour se faire une idée juste de la situation. Elle m'a emmené dans un établissement casher qui sert de la cuisine hébraïque traditionnelle. Je commande par curiosité une carpe farcie. J'ai entendu parler de ce plat depuis ma naissance, mais je n'ai jamais eu l'occasion d'y goûter.

— Vous avez appelé Fred ?

— Fred ? Ah oui, Fred. Ah non, je suis avec vous.

Pourquoi suis-je jaloux de ce type ? Je suis stupide. Elle ajoute en me faisant un clin d'œil.

— J'ai rien à dire à Polks. Son livre est traduit en tchèque. Je suis pas sa traductrice.

— Que dois-je comprendre ? Que vous souhaiteriez réellement traduire « *Analyse de droite du monde* » ?

— Bien sûr !

— Je n'ai contacté aucun éditeur dans les pays tchèques. Si je le fais, ils auront sans doute quelqu'un à m'imposer.

— Non ! Nous pas faire comme cela. Je traduis et cherche éditeur. Nous partageons moitié-moitié !

Le marché me paraît léonin. J'ignore combien une interprète est payée. À mon avis, elle touche moins que l'auteur, mais pourquoi pas ? Un futur cadavre se détache vite des contingences matérielles. Je n'emporterai pas mon argent dans mon cercueil.

— Topons là !

Elle avance sa main et tape dans ma paume.

— Demain à Ostrava je commence.

Tu vas fournir un gros travail qui ne te rapportera guère, ma chérie et tu le sais aussi bien que moi. Je suis traduit dans dix-sept langues, mais je réalise l'essentiel de mes ventes en France, car les médias conservateurs hexagonaux ont pris fait et cause pour moi. Grâce à eux, j'ai fait mentir l'adage « *Nul n'est prophète en son pays* ». Ailleurs je n'ai qu'un succès d'estime, mais tu as besoin de cette étoffe intellectuelle pour masquer notre marché, n'est-ce pas ? Ainsi, tu apaiseras tes scrupules en prétendant : « *Éblouie par son œuvre, j'ai eu une aventure avec le philosophe que je cherche à introduire dans mon pays.* » ou un mensonge de cet ordre. Il faut qu'existe entre nous autre chose que mon argent et le sexe, afin que tu préserves ton estime de toi.

Et je ne me pose pas les bonnes questions. Les vraies sont : à qui joues-tu la comédie, Lizaviéta ? À moi ou à toi ? Qui de nous deux cherches-tu à convaincre lorsque tu fais semblant d'éprouver un minimum de sentiments ? Pares-tu de romantisme notre sordide relation afin que tu puisses continuer à te regarder dans la glace sans baisser les yeux ? Décourageant ! Si demain j'arrive à bredouiller « *Quel est le pourcentage de sincérité dans vos gestes ?* » tu vas me lancer « *Mais cent pour cent, voyons.* » Tu seras incapable d'admettre un chiffre moindre, car tu n'arriveras pas à avouer que tu n'es qu'une putain. Je ne connaîtrai pas la vérité de ton âme !

Je n'aime pas la carpe farcie, mais au moins j'ai tenté. C'est une expérience que je ne regrette pas. Par contre, le dessert que m'a conseillé mon *escort* me ravit. Je n'ai eu droit qu'à un verre d'alcool. Mon garde-chiourme a rempli efficacement son rôle. J'aurais aimé en prendre deux autres, pour alléger la pression. Ce matin, j'ai réussi à ne plus penser à mon discours et à ma mort qui se cache derrière. J'étais parti dans d'autres délires, mais mes fantômes reviennent me narguer avec d'autant plus de forces que je les avais délaissés. Je suis découragé. Mon panégyrique me paraît un monceau de trivialités. L'œuvre de ma vie ! La belle affaire ! Un ramassis de sottises, oui ! Je suis tellement désespéré que j'envisage de déclarer forfait, de ne pas me rendre au colloque. Enfin, je ressasse les pensées déprimantes qui vous assaillent lorsque vous êtes angoissé. De toute façon ma geôlière ne me laissera pas fuguer. Comme elle est à l'affût, elle décrypte vite ma crise.

– Vous avez très peur. Vous êtes blanc Augustin, mais vous allez faire un tabac. On dit bien cela ?

Tes encouragements sont faciles, Lizaviéta. Tu ne risques rien. Ce n'est pas toi qui vas te faire huer. J'imagine un scénario catastrophe : ma fuite sous les quolibets d'une salle indignée par le tas d'inepties qu'elle aura entendu.

Brusquement je ferme la porte et je refoule mes sottises à la cave. Bien entendu, je monterai à la tribune et je donnerai tout ce que j'ai dans le ventre. Mon laïus est mon mausolée. Il est trop tard pour le renier, trop tard pour me nier.

Nous sortons vers quatorze heures. J'ai encore deux-cent-quarante minutes à patienter avant de partir au combat : ce délai me semble insupportable. Je n'ai pas l'habitude de m'exposer directement. Mes cours à l'université d'Orléans étaient mornes. Mon public se moquait bien de ce que je pouvais raconter. J'expliquais les théorèmes du programme. Mes ouailles prenaient quelques notes, mais ne les relisaient pas. J'avais beau varier les approches, je rencontrais toujours la même inertie, mais j'enseignais à des exclus : venaient s'échouer dans les salles de mon institut tous ceux que les études universitaires scientifiques rejetaient. Nous étions la voiture-balai qui ramassait les éclopés. J'étais un enseignant raté. C'est la seule façon honnête de me qualifier.

J'étais et non pas je suis. J'ai mis une grande part de ma vie à l'imparfait. Il ne reste pas grand-chose de mon existence qui soit encore au présent. Je suis le mari de Clémence, le père de mes fils, le grand-père d'Arthur et de Jean, le maître de Mitzi, rien que de très ordinaire et de banal. Pour m'exalter, je n'ai plus que le *Panégyrique de l'empire*.

Tout au long du trajet de retour vers l'hôtel, elle me prodigue ses encouragements et ses conseils :

– Respirez bien. Fixez un point dans la salle, pas une personne, un point. N'écoutez pas les cris. Continuez ! Vous êtes fort.

Si je n'étais pas aussi tendu, je la trouverais amusante. On dirait ma mère, autrefois, lorsque je passais mes examens, mais elle a le tiers de mon âge. Elle a une âme de professeur. Elle devrait suivre sa vocation et devenir enseignante. Elle est faite pour coacher des étudiants et les lancer dans la vie.

Dans la voiture, mon joli moulin à paroles continue à tourner. « *Notre rencontre est merveilleuse, géniale.* » « *Vous êtes un grand penseur.* » « *Vous donnerez le texte de votre discours, je le rajouterai à votre livre.* » « *Je vois journaux et télé des chaînes pour votre livre. Je vois Hokta.* » « *Celui qui nous a parlé au cocktail.* » « *Je couche en bas de chez lui et il me reçoit.* » Un flux d'énergie positive, trop exagéré, pour me toucher car je n'arrive pas à m'identifier à sa croisade. Elle parle en réalité d'un être imaginaire et fantasmé. Puis elle a ce commentaire charmant qui m'émeut :

– J'aime répéter « *panégyrique* ». Comme Fred je regarde dans le dictionnaire pour comprendre. Le mot est très beau, poétique. On dirait tchèque.

Jadis, on prononçait des panégyriques, surtout sous l'Empire romain. C'est un discours d'apparat, qui appartient au genre épidictique ou démonstratif et qui consiste à louer ou à blâmer. C'est une figure de la rhétorique des siècles passés. Ménandre a, dans un livre paru au troisième siècle et autrefois célèbre, démonté ses ressorts et ses rites. On déclame encore de nos jours des éloges, mais plus personne n'utilise le terme de panégyrique. C'est un mot archaïque et oublié. Il faut un provocateur de mon genre pour le tirer des limbes où il repose désormais.

Alors que nous avons garé la voiture et que je m'apprête à sortir, elle me lance :

– Attendez, mon chéri !

Ce syntagme est magique et je me tourne vers elle. Elle m'entoure de ses bras et m'attire contre son corps pour un baiser passionné qui me bouleverse. Ses cheveux, son parfum, ses yeux, sa peau, le cocktail est explosif. Je me demande comment j'arriverai à m'en passer lorsque le temps que j'ai acheté sera achevé.

J'ai envie de la posséder, à la hussarde, sur le siège de la voiture. C'est bien entendu une idée imbécile. Nous sommes en retard et les usagers du parking nous apercevraient immanquablement. Il ne manquerait plus que je finisse au poste pour exhibition sexuelle. Elle se détache :

– Allez ! On vous attend. N'oubliez pas : après discours, sodomie.

Dieu qu'elle va me manquer ; Dieu que je regrette de ne pas avoir gagné au loto pour l'emmener avec moi à Orléans. Je l'engagerais pour le temps qui me reste à vivre. À deux-mille-cinq-cents euros la journée de travail et sept-cent-cinquante-mille euros l'année, ce n'est pas au loto que je devrais gagner, mais à Euro millions. J'avais tort de m'inquiéter avant ma venue à Prague. Je n'ai pas été volé ni sur l'aspect de la marchandise ni sur sa qualité. Lizaviéta a l'art de fournir au bon moment ce petit quelque chose qui vous enflamme.

Dans les couloirs de l'université, l'angoisse m'assomme : mes collègues vont me massacrer. Heureusement, je suis le dernier tribun du séminaire. Les esprits et les crocs seront émoussés. Tout le monde aura hâte de partir.

Comme hier, Polks me salue avec un large sourire. Il est debout à côté de la tribune, car il passe le premier. Au vu des confidences qu'il m'a délivrées hier, j'ai deviné quel sera l'objet de son laïus. Ce matin, en prenant ma douche, j'ai mis au point une remarque bancale que je lui balancerai pour le déstabiliser. Elle est plus féroce qu'intelligente, mais je tiens à remplir mon rôle de méchant opposant de droite. Je crains particulièrement Fred. De tous les orateurs, il sera le plus à même de démonter mes arguments, car il comprendra toutes les nuances de mon panégyrique vu qu'il parle un français parfait. Les autres n'auront droit qu'au salmigondis d'une traduction erratique. Par désir de me singulariser, par vice, j'ai choisi mes mots dans un registre châtié, dans le vocabulaire d'une langue qu'on qualifie encore de français, mais qui est archaïque et dépassée. Par jeu, j'ai entré mon texte dans Google translate. Le résultat était épouvantable. Tant mieux si je noie l'interprète cet après-midi sous le flot de mon style ampoulé !

Heureusement, je suis arrivé au dernier moment et mis à part quelques discrètes salutations, je n'ai pas eu à soutenir de conversations. On doit me prendre pour un ours, mais tant pis. Alors que je viens juste de m'asseoir, Fred commence à lire ses notes. Mes prévisions sur la teneur de son laïus ne sont pas tombées loin : il a choisi pour titre « *Persistance de l'esclavage : restes de la servitude involontaire dans le capitalisme européen du vingt et unième siècle »*. J'adapte paresseusement ma remarque afin qu'elle colle parfaitement à sa doxa. Même si je n'ajoute rien lors des interventions des deux derniers conférenciers, j'aurai fourni la contrepartie attendue en échange de mon invitation. La direction n'aura rien à me reprocher, mais un autre organisateur prendra-t-il le risque de m'inviter, moi qui ne suis qu'un idéologue de droite, lourd et peu subtil ? Rien n'est moins sûr ; je serai mort avant qu'on ne pense à nouveau à moi, sauf si mon panégyrique m'impose comme un penseur incontournable.

Tout en écoutant mon collègue, je me repasse dans ma tête mon propre discours. Il est hors de question que je change quoi que ce soit. Les modifications faites dans l'urgence sont souvent exécrables et dénaturent le texte. Autant s'en abstenir.

L'univers se rétrécit. J'ai à peine conscience du monde extérieur, du temps qui s'écoule. Je suis concentré, ramassé. J'ai l'impression d'avoir à accomplir une tâche qui marquera l'Humanité de son sceau. Lorsque Fred a fini, je me dépêche de m'emparer du micro pour débiter ma saillie venimeuse. J'écoute à peine les murmures de désapprobation et la réplique que je provoque. Je me suis débarrassé de ma corvée. Je suis prêt à bondir et à mordre lorsque mon tour sera venu.

Mais avant mon intervention, j'ai encore à supporter deux discours et deux débats aussi ennuyeux l'un que l'autre. Le premier a pour titre *« La révolte verticale dans une région de l'Europe : la Catalogne »*. Je suis incapable de saisir les intentions de son auteur. Prône-t-il la sécession de la Généralité ? La condamne-t-il, car elle n'est qu'une diversion petite-bourgeoise qui contrarie la nécessaire lutte des classes ? Ou affirme-t-il qu'elle n'est qu'un vecteur à exploiter pour amener la Révolution ? Ou les trois optiques à la fois ? C'est peu dire qu'il est obscur. Sans réfléchir, je lance :

– Mon intervention aura un rapport avec le sujet de celle-ci. Il est inutile que je vous ennuie en me répétant ! Je développerai mes idées tout à l'heure.

Je me rassieds. Voilà, mais je vais être obligé de bafouiller n'importe quoi lorsque mon dernier collègue prendra la parole, sinon il se sentira exclu !

Sans enthousiasme, alors que l'angoisse vrille dans mon esprit, alors que Thanatos est assis en ricanant sur mes genoux et m'envoie son haleine fétide dans la figure, je m'efforce d'écouter « *Lutte pour les animaux dans l'Europe capitaliste.*» Au-delà de la phraséologie brumeuse, l'orateur mélange dans une furieuse harangue les abattoirs inhumains et inutiles, car le véganisme est capable de nourrir l'Humanité et les parcs zoologiques, ultimes camps de concentration autorisés. C'est tout juste s'il ne décrète pas que les chiens et les chats de compagnie sont les derniers esclaves légaux de notre siècle. J'ai envie de m'esclaffer tellement ses arguments me semblent cocasses. J'ai l'impression d'entendre du Lauzier, un auteur de BD de ma jeunesse, le premier qui a osé se moquer des gauchistes et des psychanalystes dans ses bulles.

Pour le critiquer, je me contente de qualifier de corpus totalitaire, semblable au nazisme et au communisme, ses propositions Je prends néanmoins des précautions oratoires et j'utilise force de *« semble »*, *« pourrait »*. Je ne le qualifie pas ouvertement de fasciste végan, mais j'use de périphrases et circonvolutions pour le sous-entendre. Comme toujours, on accueille mal mon intervention.

La call-girl de Prague

Je dois encore endurer quelques échanges verbeux et le moment que je redoutais tant, arrive. C'est à mon tour de taquiner le taureau. Lentement, je marche vers le pupitre. Je suis le roi Louis XVI face à son tribunal, celui qui est condamné avant d'avoir parlé. Les autres orateurs amenaient leurs feuillets ; je n'en ai pris aucun avec moi ; tout est dans ma tête. En classe, je n'avais pas de fiches ou de plan. C'était ma coquetterie ; je voulais montrer à mes élèves que je savais mon cours sur le bout des doigts. J'attaque, bille en tête :

— La thématique de cette conférence n'est qu'un lambeau d'une querelle multimillénaire, qu'un fragment du principal moteur de l'Histoire : la lutte éternelle des empires contre les peuples, des pouvoirs supranationaux contre les ethnies…

Je ferme les yeux et les mots que je réchauffe en mon sein depuis si longtemps, fusent et fustigent. J'évoque des empires qui se sont voulus mondiaux, qui se sont disloqués et dont les capitales ne sont plus aujourd'hui que des ruines oubliées des Hommes. À l'appui de ma thèse, je m'étends sur les guerres médiques et je prétends en donner la véritable signification. Pour moi, le Grand Roi ne menaçait ni la liberté ni la civilisation des cités grecques. Il ne voulait que recevoir leurs hommages afin de s'étendre à la totalité du monde civilisé. Il ne s'est intéressé à ces micros États, faibles, pauvres, situés sur les marges de l'Univers, et qui ne lui auraient rien apporté ou presque, uniquement parce que leur soumission lui permettait d'accéder à l'universalité. Les successeurs de Xerxès n'ont pas cherché à prendre leur revanche sur la Grèce, car l'Égypte s'est révoltée. Leur rêve de subjuguer l'œkoumène impliquait de contrôler d'abord le delta du Nil, plus riche et plus puissant que le monde hellénique.

J'explique que les empires étaient en réalité des confédérations. Ils dirigeaient les armées et la diplomatie, mais laissaient aux peuples qu'ils dominaient le droit de s'administrer.

Bien entendu, j'évoque le modèle suprême, l'Empire romain, l'une des deux seules entités supranationales, avec la Chine, à avoir réussi à fusionner en un seul pays. Je parle du tournant de l'expédition de Trajan, dont l'échec a empêché l'universalité latine de submerger l'œkoumène et de survivre *ad vitam aeternam*, faute d'ennemis. J'insiste sur la bataille oubliée et pourtant essentielle d'Andrinople en 378, où l'Histoire a choisi entre deux avenirs, celui que nous vivons et un autre que je donne pour supérieur. Si Valens avait attendu Gratien, s'il avait détruit l'armée gothique, peut-être serions-nous encore romains ? Je termine mon exposé en évoquant les empires coloniaux qui ont échoué à créer des confédérations planétaires. Je parle de l'Union européenne, vue par beaucoup, comme le nouvel avatar de l'éternel impérium, celui qu'il faut combattre et abattre, car il semble l'ennemi des nations. Je conclus en sanctifiant l'empire qui apporte la paix en unifiant les peuples. Je finis abruptement et j'entends une salve isolée d'applaudissements. C'est bien sûr Lizaviéta qui s'est levée pour m'acclamer. La salle ne me hue pas. Elle est surprise, indécise. Les idées que je lui ai balancées ne lui sont pas familières et elle ne sait comment les digérer. Beaucoup des participants de ce colloque présentent des lacunes en histoire. Ils connaissent par cœur les péripéties et les personnages de *Games Of Thrones*, mais ignorent qui était Trajan ou Valens. Le silence perdure et aucun de mes collègues n'ose ouvrir le débat. La traduction était-elle si mauvaise qu'ils n'ont rien compris à mes éructations ? Fred Polks finit par se dévouer :

— Comment pouvez-vous prendre le parti des Perses ? Les guerres médiques représentent le combat entre le despotisme oriental et l'esprit de liberté !

— De quelle liberté parlez-vous ? Dix pour cent des habitants d'Athènes seulement possédaient des droits civiques et quarante pour cent d'entre eux étaient esclaves. J'ai entendu plusieurs fois les participants de cette conférence employer le terme de « *démocratie bourgeoise* ». Il n'est pas justifié pour qualifier notre société actuelle, mais l'est parfaitement pour rendre compte de ce qui se passait dans l'Antiquité.

Un autre me sert une soupe indigeste. Je joue le matamore dédaigneux qui n'a même pas envie de répondre.

— Vous me servez le galimatias habituel de la théorie marxiste. Comme vous le savez, je suis hermétique aux thèses de ce bon vieux Karl. Je suis donc en désaccord avec vous.

J'en ai assez ; je me sens mal, oppressé. J'ai envie de partir, de quitter cette scène où je me donne en spectacle en racontant des sottises. J'ai l'impression d'être retourné en arrière, de revivre le pire moment de ma vie, celui où j'ai passé l'oral de l'agrégation. J'ai joué alors mon avenir professionnel en présentant pendant une heure une leçon sur les groupes finis.

Je suis inondé de sueur ; les questions s'enchaînent. Je réponds comme je peux, d'une manière incohérente, sans chercher à développer ou à préciser ma doctrine. Je me contente de jeter quelques bribes de phrases qui n'ont aucun sens. J'admire la courtoisie de mes collègues. Ils ont supporté un trublion qui, lors des interventions précédentes, a balancé à chacun une critique sournoise et méchante et qui vient de faire, dans un discours volontairement provocateur, l'éloge de la soumission à des supporters autoproclamés de la liberté. Ils ne se vengent pas en m'invectivant. Sont-ils plus tolérants que moi qui vomis leurs thèses ? Ou n'ont-ils absolument rien compris à mes diatribes et du coup, ignorent-ils comment me contrer ?

Le gong retentit. Madame Polka donne enfin le signal de la fin du colloque. La salle se lève et applaudit les gladiateurs. Un pot restreint est prévu, avec seulement les organisateurs et les orateurs. J'avais prévenu que je ne resterais que peu de temps. Je dois rejoindre ma call-girl pour des agapes sexuelles. J'avale en vitesse une coupe de champagne afin de me remonter. Je suis faible et tremblant, car je viens d'être attaqué par une horde de loups. Bien entendu, Polks me tient compagnie.

– Dommage qu'il n'y ait que nous à cette petite réunion. J'aurais aimé revoir votre amie et discuté avec elle. Son email était agressif, mais détaillé et intéressant. J'aurais voulu échanger avec elle et approfondir sa pensée

– De quel email parlez-vous ?

– De celui qu'elle m'a envoyé ce matin !

Oh la traîtresse ! Elle m'a menti en m'affirmant qu'elle n'avait rien à lui dire ! Fred insiste grossièrement :

– Je ne la verrai plus puisqu'elle retourne à Ostrava. Vous avez de la chance, mon cher, de l'avoir côtoyée. C'est un morceau de choix !

– Dix-mille euros !

– Pourquoi me parlez-vous d'argent ? Je ne vous suis pas.

– C'est en rapport avec notre discussion. Je dois vous laisser. J'ignore si je vous reverrais avant ma mort, mais je vous dis « *à bientôt* » selon les salutations habituelles des êtres civilisés.

La Call-girl de Prague

Il me regarde ahuri, perplexe. Il doit me prendre pour ce que je suis : un fou. Je salue rapidement chacun des participants, en m'attardant quelques instants auprès de madame Polka. Elle me remercie chaudement d'être venu, mais ses congratulations sont probablement automatiques et peu sincères. Personne ne doit regretter mon départ.

Je sors dans le couloir où m'attend Lizaviéta. En la voyant, je réprime mes pulsions de violence. J'ai envie de la gifler, pour la punir d'avoir contacté Fred et surtout pour avoir prétendu le contraire. Elle m'appartient et elle m'a trahi. Je lui lance, glacial :

– Polks vous remercie pour votre message.

– Ah oui ! Vous êtes jaloux. J'adore !

Et avant que je ne puisse répondre, elle se jette à mon cou et m'embrasse fougueusement. Je la serre contre moi et lui rends son baiser. Nous barbotons toujours dans cette comédie débile que nous nous jouons. J'entends du bruit et nous nous séparons. Est-ce un participant qui s'éclipse à son tour ? Nous a-t-il surpris ? Nous nous hâtons de partir sans demander notre reste. Défaitiste, j'imagine une ronde de SMS tourner et annoncer la nouvelle à tous ceux que j'ai côtoyés ce week-end : « *Vous savez, Miroux, il couche avec son interprète. Quel vieux satyre !* »

Et puis tant pis ! Ou plutôt tant mieux si on a découvert en partie mes relations avec Lizaviéta. J'aurais ainsi soigné ma réputation lors de ce colloque. Il vaut mieux faire envie que pitié !

Pour se faire pardonner, elle me détaille l'email qu'elle a envoyé à Polks. Elle a trouvé son adresse électronique sur sa carte de visite. Elle l'a contacté, car il fallait absolument qu'elle lui explique ses erreurs et ses approximations. Elle ne pouvait les laisser passer. Elle entreprend de me lister ce qu'elle lui a reproché. Ses critiques sont plus affûtées et plus méchantes que celles qu'elle m'a livrées hier à chaud. Elle a eu le temps de trouver d'autres points faibles et d'élaborer d'autres moqueries. Si elle n'exagère pas, ce dont je la crois capable, la remarque désobligeante que j'ai émise lors de la conférence me fait passer pour un ami, comparée aux attaques venimeuses de ma compagne. Lizaviéta est une extrémiste qui ignore l'indulgence.

Je suis mélancolique, nostalgique et je ressens une forme de baby-blues. Mon laïus était mon enfant. J'ai accouché et déballé mes entrailles. Thanatos marche, victorieux, à mes côtés ; ses radiations mortifères brûlent et dévastent mes chairs.

Mon panégyrique gît, dérisoire, dans sa tombe. J'avais investi les reliefs de ma vie en lui, mais il n'était qu'un rempart de papier et je me retrouve nu et faible, sans bouclier pour parer les coups.

Dans la voiture, elle me tend un comprimé et une bouteille d'eau. Elle m'ordonne d'avaler mon viagra. Cette scène est cocasse et surréaliste. Le sexe est dépouillé de tout érotisme ; il se réduit à son aspect mécanique et chimique. Je me hâte d'obéir, car j'ai trop peur pour résister, trop peur de la mort, trop peur de réfléchir, trop peur de me retrouver seul. Il ne me reste plus que quelques parcelles imparfaites de bonheur à vivre, puis je retrouverai le néant de mon quotidien si ordinaire et je verrais s'embuer doucement la fenêtre par laquelle je regarde le monde.

Lors de notre trajet vers l'hôtel, vers la sodomie, elle glose. La parole lui est consubstantielle. Elle décortique mon triste panégyrique. Sa voix est chaude, enthousiaste. Ses compliments sont fouillés, précis. Elle les étaye en mettant en lumière des idées, des directions, mais son exposé reste une dissertation, brillante certes, mais qui ne quitte pas le domaine scolaire. Extraire d'un document des éléments qui appuient une thèse ou une antithèse est un jeu familier pour un universitaire. Au fond, ce qui donne tant de poids aux paroles de Lizaviéta, c'est sa plastique parfaite. La misogynie qui ronge notre société nous aveugle, nous autres les mâles. Au vu de sa beauté, nous la prenons *à priori* pour une nullité intellectuelle, mais comme elle fournit des analyses sensées, nous la portons, par réaction, au firmament. Un étudiant boutonneux qui livrerait une étude aussi pointue que la sienne ne retiendrait pas autant l'attention. À aucun moment je ne suis dupe de ses critiques si flatteuses. Si je ne l'avais pas payée, si Polks avait acheté, à ma place, sa loyauté, quels arguments destructeurs m'enverrait-elle en pleine figure ? Autant elle me couvre aujourd'hui de fleurs, autant elle détruirait mon laïus si les circonstances l'exigeaient.

Il me reste sept heures de conscience avant que l'hiver ne me glace. Je voudrais distendre le temps, étirer les ultimes minutes de ce calme trompeur qui précède la tempête, mais il n'y a rien que je puisse faire pour falsifier mon destin.

La Call-girl de Prague

Brusquement, elle change de registre et me noie sous un flot de propos salaces. Elle passe sa main droite sur mon entre jambe et m'aguiche avec de petites caresses furtives, lorsque la conduite le lui permet. Elle me fait peur, même si elle ne détourne pas le regard et continue à fixer la circulation.

Mon désir et ma dépression sont à leur paroxysme. C'est un étrange mélange qui me brûle, m'excite et m'abat tout à la fois. Lorsque nous garons la voiture sur le parking de l'hôtel, elle m'embrasse une nouvelle fois, puis elle m'entraîne, vive et alerte.

– Vite ! Nous avons peu de temps. Nous allons à la soirée bateau.

Dans les couloirs, dans l'ascenseur, elle fait tout pour m'émoustiller. Elle se moque qu'on puisse nous surprendre. Elle ouvre la porte de notre suite violemment et la claque derrière elle. Elle me tire par la main et sitôt dans la chambre me déshabille frénétiquement. Tout en me caressant, elle sort du tiroir de sa table de nuit un gel et un préservatif que, bien entendu, elle a préparés, en fille prévoyante.

– Laissez-moi faire !

Le reste se passe dans une brume érotique. Je me souviens de sensations extraordinaires. Je me rappelle que je ne contrôlais ni mon corps ni mon plaisir. Je flottais. J'étais ailleurs dans un autre monde. J'émerge lorsqu'elle se lève et revient avec un gant de toilette pour me nettoyer.

Voilà ! Le mauvais moment est passé, mais c'était bien plus dur à supporter qu'hier. Je ne m'y habituerai jamais. Enfin, prends les événements avec philosophie, ma fille : tu n'as pas eu mal. C'est l'essentiel, tu ne crois pas ?

– Nous allons partir. Nous irons en voiture. Vous êtes fatigué, grommelle-t-elle.

Lizaviéta est Janus aux deux visages. Autant, en se voulant esclave féminine jusqu'au bout des ongles, elle arrive à me transformer en mâle dominateur, autant elle sait, en décidant de tout à ma place, me déviriliser et m'infantiliser. Je me laisse faire ; je ne suis qu'une chiffe molle, amer d'avoir déjà tout perdu ou presque.

— Demain, me promet-elle d'une voix sourde, si vous réveillez tôt, nous recommencerons.

Puis, elle me demande brusquement avec les yeux de Mitzi :
— Vous êtes content, Augustin ?

Il faut vraiment que tu le sois. Je ne supporterai pas que tu n'aies pas été comblé, que tu n'aies pas éprouvé un plaisir démentiel, car j'ai besoin de justifier mes actes ! Tu comprends : je refuse d'avoir fait tout cela pour rien ou presque. Et je t'interdis de me dire ou même de penser : finalement ta prestation était basique, banale. Tu me poignarderais au cœur si tu le faisais.

Son ton plaintif, son regard qui guette une approbation me ramènent dans la réalité de la prostitution. Elle n'est pas une amante que j'ai séduite. Elle est une fille désargentée qui m'a vendu son corps.

Mon Dieu ! Qu'as-tu pensé, Lizaviéta, lorsque je te souillais ? J'aimerais passer la barrière de ton front et connaître la vérité. Non ! Je voudrais surtout continuer à rêver et que tes mensonges perdurent.

Et, pourtant je me hais pour ce plaisir honteux que double l'humiliation que je t'inflige !

Bien entendu, je réponds « *oui* », que je n'ai jamais été aussi heureux, une mystification grotesque dont, peut-être, sans doute, elle a besoin.

Nous repartons en voiture pour un court périple. Mes pensées ne sont plus cohérentes. Je suis un piano désaccordé. Je brasse les minutes et le vide. « *Encore un peu de temps, monsieur le bourreau*, sont les seuls mots que mon esprit arrive à bredouiller.

Elle se tait. A-t-elle deviné que j'ai besoin de silence ? Non ! Elle a sans doute épuisé la force qui la faisait tenir, qui lui voilait le côté crasseux de notre pitoyable liaison. La sodomie était de trop : j'aurai dû la refuser. Je m'en veux d'avoir fissuré son âme, mais j'étais paralysé ; j'étais prisonnier du monde et de ses apparences.

J'aime Lizaviéta ; j'aime cette fille que les circonstances ont jetée dans mes bras, un sentiment artificiel, désincarné. Depuis trois jours que nous vivons ensemble, pendant combien de minutes a-t-elle été sincère avec moi ? Quels mots, dans le fatras qu'elle m'a servi, étaient authentiques et reflétaient son âme ? Mais j'aime l'actrice, j'aime son corps, j'aime sa fêlure, j'aime qu'elle ne soit pas blasée. Je voudrais le lui dire, trouver les mots adéquats, mais nous avons trop joué cette comédie qui nous lie. La vérité des sentiments n'est pas pour nous, car nous nous sommes trop menti.

Elle gare sa voiture le plus près possible du bateau. Lorsque je sors, elle s'oblige à m'embrasser. Je sens ses réticences à la raideur de son corps, à la brièveté de notre étreinte, mais même bâclés, je suis fou de ses baisers. Ils ne sont qu'illusions, que miettes d'un univers onirique, que pages d'un mauvais livre, mais je les préfère au sexe. Et pourtant Dieu sait combien j'ai joui en elle !

Elle me prend à nouveau la main comme son rôle de pseudo-amoureuse le lui impose. La péniche est rangée le long du quai. Elle ne paye pas de mine ; la peinture est défraîchie ; le nom du bateau est inscrit sur un panneau lumineux, mais il manque une lettre qui n'a pas été remplacée.

– La nourriture est pas bonne. Mais la musique est belle et vous voyez Prague la nuit.

Tu as bien étudié Tripadvisor, ma chérie. Lorsque je serai parti, tu pourras t'installer guide à Prague, enfin une guide un peu spéciale. Personne ne t'arrivera à la cheville et tu feras fortune.

On nous installe dans un coin au fond de la cale. La lumière est chiche. L'orchestre joue des airs mélancoliques qui s'accordent à mes sentiments. Dire que je suis démoralisé est faible. Je quitte Prague et la vie. À Orléans je serai un homme à demi mort qui tirera péniblement ce qui lui reste d'existence. Je voudrais revenir en arrière, revenir dans l'avion qui faisait des ronds dans l'air au-dessus de l'aéroport. Hélas ! La physique quantique nous apprend que la flèche du temps ne pointe que dans un sens.

La nourriture est un buffet. Comme l'avait annoncé Lizaviéta, les aliments sont grossiers, à peine chauds, mais je remplis mon assiette. J'ai faim, mais je ne sais pas si c'est bon signe. Lizaviéta ne prend symboliquement qu'une poignée de pommes de terre. Elle me dévisage curieusement et surtout parle à peine. Elle ne lâche que quelques mots convenus. Nous

La call-girl de Prague

avons été trop loin dans le sexe ; notre pièce stupide s'approche de son terme et la vérité s'impose lentement à elle comme à moi. Des couples valsent sur un minuscule espace aménagé à l'avant de la péniche et elle me propose timidement :

— Nous allons danser ?
— Je ne suis pas coordonné. Je serais ridicule.
— Je vous guide !
— Non.

Brusquement j'ai envie de parler de ce qui me brûle les entrailles :

— Je vais mourir, Lizaviéta.
— Et vous avez regrets ? Des choses pas faites ?
— Bien sûr.
— Faites une liste !
— C'est-à-dire ?
— Une liste de choses que vous voulez faire avant mourir. De vos regrets ! Ensuite faites et barrez !
— Absurde !
— Vous avez fait sodomie. Je suis contente pour cela. Qu'aimez-vous en sexe ? Je veux faire. Profitez ! On a encore temps.
— Absurde !
— Pourquoi absurde ? Vous avez envie double sexe ? Vous entre mes fesses. Moi avec truc qui vibre devant. Vous voyez.
— Oui ! Double pénétration.
— Vous aimez ? On fait !
— Et après ?
— Vous aimez ou pas. Cela donne beaucoup plaisir. Dites si vous aimez ou pas
— J'aimerais, mais à quoi bon ?

Nous sommes en décalage complet. Elle ne me comprend absolument pas. Elle s'enfonce dans le seul langage qu'elle croit possible entre nous : le sexe. Elle me propose des postures de plus en plus osées. Que va-t-elle me suggérer ensuite ? Un trio ? Qu'on recrute une deuxième putain dans les quartiers glauques de Prague ? Ou alors elle va faire appel à une copine ?

— On fera. J'ai truc qui vibre !
— Vous l'avez acheté en prévision ou vous l'aviez avant de me rencontrer ?

— Acheté pour vous. Je veux séjour magnifique pour vous.
— Mes dix-mille euros. Je sais.

Je prends son menton et le caresse. Je suis submergé par une vague de tendresse. Elle est une brave petite soldate, toujours prête à me servir au mieux et qui se sera battue jusqu'au bout.

— Demain, avant de partir, je vous poserai une question. J'exige que vous me répondiez sincèrement.
— D'accord.

Elle prend ma main et la mordille.
— Pauvre Augustin murmure-t-elle. Vous méritez pas cela.

Des larmes coulent sur ses joues. Non, il ne faut pas qu'elle pleure. Je ne le supporterai pas !

Bêtement, j'ordonne :
— Ne soyez pas triste, Lizaviéta. Surtout pas !
— Pas triste. Musique triste.

C'est vrai que l'orchestre joue un air lugubre, poignant. J'ai l'impression d'être dans un tombeau. L'éclairage lui donne un air spectral. Elle a une sorte de rictus, dévoilant des dents que la lumière rend jaunes :
— Oui je veux pleurer, admet-elle soudain.
— À cause de moi ?
— Oui et aussi autre chose. Vous, moi, enfin compliqué.
— Vous me direz demain ? Juste avant que je ne parte ?
— Je peux pas !
— Pourquoi ?
— Pas votre faute, Augustin. C'est moi ; j'ai beaucoup chance vous rencontrer. Je vous assure. Vous êtes génial. Vous êtes chance ma vie. Et là je mens pas.

Je me glace. J'avais, bien sûr, deviné depuis longtemps la raison de son trouble, mais elle le cachait si bien ! Elle me met le nez dans mes excréments et je me sens mal, très mal.
— J'arrête, Augustin. On va être joyeux. Pour votre dernier jour. Faisons fête. Commandez champagne !

Elle est tellement émue qu'elle me pousse à dépenser sans compter, elle qui depuis quatre jours me conseille afin d'économiser au maximum. J'appelle le serveur et je sors cent euros que je plaque sur la table. J'ai envie de me saouler, de rentrer à l'hôtel complètement ivre et de chanter à tue-tête dans ses couloirs. Contrairement à mes craintes, la bouteille est fraîche. Je renverse un peu de liquide sur la nappe de papier en la servant.

– À nos amours, je lance, ironique, en choquant nos verres.

Je me reprends aussitôt, car ma remarque est idiote. Je corrige, gêné :

– Je plaisante !

Il n'y a aucun amour partagé entre nous, juste du respect, mais c'est insuffisant. Rien ne peut compenser ce que j'ai fait, et qui, visiblement, la ronge. Dès que je l'ai vue à l'aéroport, j'ai deviné ses réticences, le combat intérieur qui la minait. C'est comme si elle avait des antennes qui émettaient et me faisaient partager son malaise. Son dilemme se voyait dans sa gaucherie, dans son faux enthousiasme, dans sa peur de mal faire, dans sa comédie ridicule. Je n'avais jamais eu affaire à une call-girl avant elle, mais je présume que celles qui assument sont à l'aise et que leurs clients le sentent. Mes pensées schizophréniques m'épouvantent. J'éprouve en même temps des remords intenses et une incommensurable euphorie pour l'avoir corrompue, pour avoir perverti son innocence. Si j'avais recruté une véritable professionnelle, je n'aurais pas tutoyé l'Himalaya du plaisir, quelles que soient les acrobaties sexuelles auxquelles nous nous serions livrés.

Demain, juste avant que nous ne nous séparions pour toujours, je te poserai ma question, Lizaviéta. Car j'ai un besoin vital de te le demander. Je ne sais pas ce que tu me répondras : des mensonges sûrement ; une pincée de vérité, qui sait ? Mon interrogation risque de ne servir à rien, mais je dois absolument sonder ton âme. Et j'espère follement que les mots que tu m'as murmurés, que le désir sexuel que tu as fait semblant de montrer ne sont pas entièrement inventés. Je n'escompte pas que tes paroles soient à cent pour cent authentiques, bien sûr, ni même à cinquante, loin de là. J'ai simplement besoin qu'existe un minimum de sincérité dans notre relation afin que j'aie l'illusion que tu m'absous. Et il n'y a que toi qui puisses me pardonner. Si je croyais au catholicisme de mon enfance, j'irais voir un prêtre. Je lui confesserais que je regrette et il remettrait mon péché. Si mon repentir n'était pas sincère, je m'en expliquerais avec Dieu après ma mort. Mais vu mon incroyance, il n'y a plus que toi, Lizaviéta, qui puisses alléger le fardeau de ma mauvaise action.

La Call-girl de Prague

Je lui propose de monter sur le pont du bateau afin de jouir du spectacle de Prague, la nuit. J'ai du mal à gravir l'échelle, car elle est raide et il me manque une partie du poumon gauche. Je suis récompensé de mes efforts, parce que le spectacle vaut la peine. La péniche s'approche du pont Charles. Il est magnifiquement illuminé et transcende la pénombre. Elle remonte le col de mon blouson comme si cette précaution suffirait à me protéger du vent froid. Puis elle enlace ma taille et se colle contre moi. J'ai l'impression qu'elle pleure, bien que l'obscurité me dissimule son visage. Sur qui ? Sur quoi ? Je n'ose l'interroger.

Pendant trois mois, j'ai rêvé de Prague, du discours que j'allais prononcer, l'apothéose de ma courte carrière de polémiste. Pour un condamné à mort, un trimestre représente une éternité. Pendant quatre-vingt-dix jours, j'ai réfléchi, conçu mon laïus, mis au point ce séjour. Lorsque Clémence m'a appris qu'elle ne pourrait pas se libérer de son travail pour m'accompagner, j'ai pensé aussitôt à recruter une *escort*. J'ai visité des sites spécialisés en évitant les plus glauques. J'ai consulté des dizaines de fiches, des centaines de photos. J'ai envoyé des emails, soupesé les réponses. C'était sans doute la plus belle partie de mon songe, celle qui m'a procuré le plus de plaisir, une délectation mesurée mais régulière. Aucune contingence du réel ne venait l'assombrir, mais cette période est passée. Mon échappée en Bohême se meurt ; ma folie s'achève. Il n'en reste plus grand-chose si ce n'est quelques étincelles de feu qui crépitent et s'étiolent. Mes regrets montent et mes remords vont s'amplifier. La terreur devant la mort va m'envahir. Alors que le bateau dépasse le pont Charles et s'engage dans un bief, elle ordonne :

– Rentrons ! Vous avez froid. Votre main est froide.

– D'accord, patron !

Nous nous installons à nouveau l'un en face de l'autre dans notre réduit mal éclairé. J'ai mauvaise conscience. Les larmes qu'elle a laissées échapper, notre vaudeville qui vient de déraper, me déstabilisent. Je remplis à nouveau nos coupes de champagne afin que l'ivresse monte en nous. Elle boit en me regardant bizarrement. Non vraiment, quelque chose est changé ce soir dans ses yeux. Elle avance la main en tremblant pour toucher la mienne.

— Augustin commence-t-elle.

Elle ne continue pas. J'ai l'impression qu'elle a envie de s'épancher, mais qu'elle n'y arrive pas. Je respecte son silence et j'attends des confidences qui ne viennent pas. Elle finit par secouer sa tête et par me jeter sur un ton dolent :

— Je suis désolée, Augustin. Ce soir, je suis triste. Parlez-moi. Tout à l'heure vous voulez parler. Vous avez besoin parler. Dites. Je vous écoute.

— Que voulez-vous que je vous dise ?

— Ce qui vous occupe. Dites tout. J'écoute. Comme dans psychiatre. On dit cela, psychiatre ?

— Oui.

— Allez ! Parlez ! Tout ce qui est dans votre tête.

La barrière qui contenait mes pensées morbides s'effondre et je me rue à l'extérieur de mon esprit. Je ne devrais pas, mais tant pis ! Je lui raconte cette haine de la mort qui m'habite, cette frayeur que je n'arrive plus à réprimer. Je voudrais être courageux, mais je ne suis qu'un couard qui se liquéfie à mesure que l'échéance se rapproche. Je lui explique, amer, que je ne nourris aucune illusion, que mon cancer me vaincra, que la seule inconnue réside dans le laps de temps qui me reste. J'enchaîne sur la déception qui m'étreint lorsque je tire le bilan de mon existence. Aujourd'hui, je ne suis plus qu'un époux, un père de famille, un maître, rien d'autre, rien d'exaltant. Je suis un homme ordinaire avec des sentiments odieusement banals, même pas exceptionnels par leur intensité. C'est terrible de se rendre compte qu'en fait, on est mort depuis longtemps et qu'on poursuit son existence juste par routine.

Clémence est une bonne mère. Je n'ai pas réussi à l'égaler sur ce plan. Je n'ai pas cherché pas non plus à rivaliser avec elle, car je ne voulais pas lui faire de l'ombre ; je me suis effacé ; je me suis tenu volontairement en retrait. Même Mitzi est sa chienne, pas la mienne. Il suffit de comparer la façon dont elle remue la queue lorsque Clémence ou moi la sortons pour être fixé sur ses préférences. Je suis à peine un prince consort dans ma famille. Cela me pèse. J'aurais voulu évoluer dans un autre univers sentimental, car celui où je me meus à la fin de mon cycle me semble bien trop étriqué, trop fade et j'étouffe. Pourtant, c'est moi qui l'aie construit, brique par brique et je ne le sais que trop.

Alors que l'orchestre entame la *Symphonie du Nouveau Monde*, j'enchaîne sur mon apparente réussite professionnelle et la démolis sans pitié. J'explique à Lizaviéta que je ne suis qu'un faussaire. J'étais un mauvais professeur chahuté par ses élèves. « *Analyse de droite du monde* » n'est qu'un pamphlet minable, une œuvre de second plan sans aucune espèce d'intérêt, qui par une chance inouïe a accédé à la notoriété. Je ne suis absolument pas le pendant de Marx. Je ne suis qu'un anarchiste de droite mal embouché qui tire à vue sur tout ce qui est gauchiste. Dans ce colloque, par mes outrances stupides je me suis suicidé intellectuellement. J'ai pratiqué la politique de la terre brûlée. Mon discours, auquel je croyais tant avant d'atterrir brutalement, n'est qu'un tombereau de truismes, un ramassis d'idées débiles. Il aurait pu figurer tel quel dans le *Gorafi*, le journal web satirique qui se moque de tout et de tous. Clémence, elle, a créé une entreprise qui prospère. Elle est reconnue, appréciée alors que j'ai stagné professionnellement. Je ne suis pas jaloux, mais j'ai l'impression d'être un loser lorsque je me compare à elle. Lorsque j'ai fini de déverser ma bile, elle me demande :

– C'est tout, Augustin ?

– C'est beaucoup, non ?

Elle me gifle. Elle ne fait pas mal, parce qu'elle n'a pas appuyé sa frappe ; elle voulait juste me donner une claque symbolique. Je grimace.

– Voilà ma réponse. Vous dire des conneries. Aussi vous gifle pour vous expliquer ce que vous dites ce soir est nul. Comme cela vous comprenez mieux.

Que je me sois épanché, lui a permis de surmonter sa tristesse et de reprendre le contrôle d'elle-même. Je retrouve la Lizaviéta dynamique que j'ai connue.

– Vous n'ajoutez rien ? Vous ne cherchez pas à argumenter ? Vous savez si bien disserter, exposer une thèse. Vous ne m'expliquez pas, en long, en large et en travers, que j'ai eu une vie merveilleuse, exceptionnelle et que je peux m'en aller, ravi, dans l'au-delà !

La call-girl de Prague

– Je veux pas entrer détails. Cela sert à rien. Vous pas écouter. Votre vie est pas une thèse. Vous êtes désespéré. Vous racontez chose que vous pensez pas. Vous voulez éliminer réalité. Vous dites votre vie très mauvaise pour que je plains. Vous voulez que je vous dise que vous pas mourir. Vous êtes comme enfant qui est blessé demande à maman embrasser pour que lui a pas mal. Mais suis pas maman. Personne est maman. Vous mourir. Vous comprenez, vous mourir. Inutile triste. Cela change rien et vous pas supporter. Tant que vous pas mort vous vivre. Rappelez-vous toujours : vous vivre tant que vous pas mort.

Quel charabia ! Elle veut tellement me convaincre que ses mots de français se bousculent dans un sabir déstructuré. Il me semble que ses joues sont rougies par l'émotion qu'elle met dans ses propos, mais la lumière est si mesquine que je ne distingue pas vraiment les couleurs. Je partage équitablement le reste de la bouteille entre nos deux verres et je lève ma coupe vers le plafond.

– À ma mort ! Qu'elle soit la plus joyeuse possible !

Mais j'ai surtout envie de pleurer. Elle regarde sa montre et décrète :

– Le bateau bientôt fini. On rentre hôtel, Augustin. Avant dormir, on fera amour double pénétration comme vous dites. Obligé pour vous. Vous vivre maximum avant mourir. C'est ma bonne réponse à vos plaintes.

Malgré son désarroi, elle est à nouveau combative, prête à mentir, prête à bondir pour satisfaire la moindre de mes envies. Je suis gris, usé, fatigué de me battre contre des moulins à vent. Une idée bizarre me traverse l'esprit. Alors que les musiciens jouent des airs romantiques et entraînants, je change de sujet et me mets à raconter des histoires drôles. Je commence par celle mettant en scène un Allemand, un Français, un Chinois et un Écossais qui trouvent une mouche dans leur verre de bière. Le Teuton exige qu'on change son demi, mon compatriote se contente de jeter l'insecte, le fils du ciel, lui, le mange et le Calédonien le prend entre ses doigts et lui ordonne « *recrache, recrache* ».

Elle rit de bon cœur à ma blague stupide. J'enchaîne avec d'autres du même niveau. Je ne suis pas un amuseur. Je n'ai pas l'esprit de répartie. Je ne sais pas trouver la pique qui chatouille mon interlocuteur. Je n'arrive pas, non plus, à raconter une anecdote de façon à la rendre savoureuse, mais ce soir Lizaviéta est bon public et me fait un triomphe.

Lorsque la péniche accoste, nous partons aussitôt, avant même que la passerelle ne soit en place. Les autres clients attendent, car l'orchestre exécute une sonate d'adieu. Elle est ivre. Je m'en aperçois, parce qu'elle manque de perdre l'équilibre lorsqu'elle descend sur le quai. Je me demande si elle est en état de conduire, mais je hausse les épaules. Si j'ai un accident, tant mieux. Je suis nihiliste cette nuit.

Avant de démarrer, elle se regarde dans le rétroviseur intérieur et arrange ses cheveux. D'ordinaire ils sont impeccablement coiffés et apprivoisés. Là elle les rend fous, sauvages. Essaye-t-elle de me dire quelque chose ? Est-ce l'effet de l'alcool ? Son message n'est pas clair.

Elle conduit encore plus vite que d'habitude. Les vitesses grincent ; heureusement les rues sont vides. Ce n'est pas encore la saison touristique et nous sommes un soir de semaine.

À l'hôtel, elle range la voiture, mais elle ne l'aligne pas sur la bordure blanche comme elle le fait d'ordinaire. Non ! Elle ne se contrôle plus comme avant. Les premiers jours, chacun de ses gestes était étudié et allait dans le sens de l'ordre. Ce soir, elle a aboli les règles qu'elle s'obligeait à suivre. Avant de descendre, nous sacrifions au rituel du baiser. Il est l'annonce du paradis dans lequel va me faire entrer ma houri. Pour gagner notre chambre, nous sommes, comme à notre habitude, enlacés et nous nous soutenons, car notre démarche est un peu chaloupée. Par bonheur nous ne rencontrons personne. J'aurais honte de me donner ainsi en spectacle.

Elle m'ordonne de téléphoner à Clémence. Je n'échange que le minimum de paroles avec ma femme : que je n'ai pas eu beaucoup de succès avec mon discours, que je suis allé dîner sur un bateau avec des collègues, que je suis épuisé et que je vais me coucher, une vérité réarrangée afin qu'elle soit compatible avec notre illusoire harmonie conjugale. Ce soir je n'avais aucune envie de la contacter. Chaque mot que j'ai bredouillé était une torture. Je n'avais qu'une hâte, raccrocher. Si j'avais été seul, je l'aurais zappée. J'aurais juste envoyé un SMS, le plus court possible, mais Lizaviéta veillait. Demain, l'avion me servira de sas pour réintégrer la grisaille de mon quotidien. Ne t'inquiète pas, Clémence, je t'adore. Mes sentiments n'ont pas changé et tu reprendras automatiquement de la consistance au milieu du ciel. Lorsque je te reverrai, je serai à nouveau le mari affectueux que tu connais, mais cette nuit, je suis en congé de notre couple et de moi-même, aussi !

Je cours vers la chambre. Elle n'est pas obligée de venir me chercher et de me traîner de force au lit comme les autres fois. Je sais pourtant quels efforts sur elle-même elle doit fournir pour satisfaire ma lubricité. Sur le bateau elle a craqué et je ne peux plus faire comme si je l'ignorais, mais on prend goût au péché. Une petite voix me susurre que si je lui parlais franchement, si je refusais de lui faire l'amour en lui expliquant que je la respecte trop pour la violer, je la laverais en partie de sa souillure, mais cette voix est trop faible, même pas un murmure, et je n'y prête pas attention.

Le viagra agit encore et compense l'alcool. J'ai la trique. J'ai la rage. Je suis excité à l'idée d'entrer dans des champs inconnus et exquis, de transformer, en esclave sensuelle une fille qu'au fond de moi j'admire et que je place sur un piédestal. Je ne vois plus Lizaviéta et j'ignore quelle lumière voilée renvoient ses yeux. Je ne sais pas si son désarroi émerge à nouveau. J'entends ses râles, mais les putains savent simuler depuis la nuit des temps. Jamais dans ma vie, je n'ai fait preuve d'autant d'égoïsme, mais que c'est bon de ne penser qu'à soi, qu'à amplifier son plaisir sans se soucier de l'autre !

Lorsque je suis repu, je m'étends aussitôt sur le dos. Je n'ai aucun geste tendre envers ma malheureuse compagne. Je voudrais faire semblant, jouer le rôle d'un véritable amant, ne plus être un client, mais je n'y arrive pas. Je suis paralysé ; je suis épuisé et le sommeil m'emporte dans un enfer grimaçant.

La Call-girl de Prague

Dernier jour

Elle me réveille en m'appelant doucement par mon prénom. J'émerge et une boule de honte me glace. Les lambeaux de souvenirs me reviennent et m'accablent. Je suis nu. Hier je n'ai même pas passé mon pyjama. Elle a remis sa tenue du premier jour, sa robe rouge ajustée avec sa veste blanche. Est-ce un signal qu'elle m'envoie, une façon de fermer la boucle ? À moins qu'elle n'ait pas voulu dépenser de l'argent pour une jupe qu'elle n'aurait utilisée que six heures.

Tendu, je l'observe alors qu'elle s'empresse pour me servir. Je traque le mépris qu'elle doit ressentir. Je me suis comporté comme un butor. Jamais je n'aurais dû accepter la double pénétration : elle avait craqué ; elle m'avait signifié combien le sexe avec moi lui était pénible. Pourquoi ai-je passé outre ? J'ai fait illusion pendant trois jours, puis j'ai montré mon vrai visage, celui d'un sauvage irrespectueux, d'un faune incontrôlable. Elle me sourit comme à son habitude. Elle me parle posément, gentiment, mais qui y a-t-il derrière ce front ? Quel désastre ai-je causé ?

J'ai envie de m'approcher, de la secouer, de la forcer à m'avouer son aversion. J'aurais besoin qu'elle m'insulte, car je suis incapable de le faire moi-même. Je me hais et le dégoût que j'éprouve à mon égard suscite des pulsions de violence, puis je me calme : je suis trop las pour rester en colère.

– Vous voulez sexe, Augustin ?

– Non ! Merci !

– Il faut que vous avez maximum. Vous vivre trucs super avant mourir !

Que lui dire ? Quels mots choisir ? J'ai déchiré cette fille. Elle fuit désormais de partout et je n'arriverai pas à coller la moindre rustine. Je suis incapable de réfléchir et lâchement je me contente de compliments éventés.

— Merci, Lizaviéta. Pour toutes les fois où nous avons fait l'amour. Moi vivre super, comme vous dites. Mais je suis fatigué, ce matin. J'ai soixante ans. Je suis malade.

Je suis lamentable. Elle va penser que j'essaye de provoquer sa pitié, de la même façon qu'un avocat évoque l'enfance malheureuse d'un assassin pour attendrir un jury d'assises. Pour compenser, je fais un petit pas vers la vérité. Je lui prends les mains et murmure :

— Merci. Vraiment merci. Je devine combien faire l'amour avec moi était dur pour vous.

— Ah non, chéri. J'étais contente. Vous êtes heureux et moi contente.

Elle me ressert toujours cette justification pitoyable. Je voudrais lui cracher à la figure que je ne suis pas dupe, que je sais pertinemment ce qu'elle pense, mais je suis trop couard pour affronter la macabre réalité. Elle n'ajoute rien ; elle est pourtant la reine des arguments répétés à satiété sous diverses formes, mais, aujourd'hui, elle se contente du minimum pour me persuader que tout va bien pour elle. Elle est sans doute trop abattue pour essayer de me convaincre.

Elle me sert une deuxième tasse de café. En la buvant, je me jure de lui poser la question que j'ai préparée, juste au moment où nous nous séparerons. Je pourrais lui envoyer un email depuis Orléans ou un SMS, mais j'ai besoin de me plonger dans ses iris lorsque je l'interrogerai. Les mots, les phrases qui sortiront de sa bouche, seront probablement faux, mais son corps, ses yeux la trahiront. Enfin, peut-être, je ne sais pas. Mon esprit est en déroute. J'en ai assez de ressasser les mêmes sottises.

Je lui demande de nous trouver un parc où nous promener avant d'aller à l'aéroport. Je n'ai pas le courage de retourner dans la vieille ville. J'ai envie d'un cadre champêtre pour parachever mon voyage.

Pendant que je me lave, elle fait nos bagages. Il faudra que je déballe ma valise chez moi, que je ne laisse pas Clémence le faire à ma place. Sinon l'ordre qui régnera dans mes vêtements l'interpellera. Je suis bordélique et je range tout en vrac d'ordinaire.

Avant de quitter notre suite, je retourne voir la chambre. Elle a refait le lit. Je fixe quelques minutes ce cadre qui a abrité mes fantasmes les plus osés. C'est un lieu essentiel de ma vie. Là, sur ce grand matelas confortable, je me suis révélé à moi-même. J'ai déchiré le masque que je brandissais depuis quarante ans. Dans le couloir, alors que je referme la porte de notre suite, elle m'interroge, inquiète :

– Vous allez bien, Augustin ? Vous êtes blanc.

– Je suis nostalgique.

Elle me touche la main :

– Revenez à Prague ou Ostrava. Vous louez voiture. On visite Moravie. Très beau !

– Impossible !

Je ne suis qu'un salaud, qu'un odieux salaud qui a jeté, en ricanant, sa liasse de billets sur la table. Personne n'est capable de supporter l'idée qu'il est une ordure. On se trouve toujours des excuses pour travestir le passé. Avec le temps, je développerai sûrement des parades efficaces pour soulager ma conscience, mais aujourd'hui je suis à vif. Je n'arrive pas à inventer quelque chose qui tienne la route.

Je rends mon *pass* à la réception et nous partons. Elle me parle d'une forêt qui borde la Vltava à mi-chemin de l'aérodrome. Parfait, allons-y !

Dans la voiture, elle revient sur mon discours. Ce matin, pendant que je dormais, elle a obtenu des organisateurs du colloque qu'ils lui envoient le texte par email. Elle l'a relu posément. Il n'est pas nul comme je l'ai dit hier sur le bateau, mais génial. Elle va le diffuser partout où elle le peur ; elle a une foule d'idées pour le faire connaître et elle va me rendre célèbre ; elle le rajoutera à la traduction d'*Analyse de droite du monde ;* elle promouvra mon ouvrage dans tous les pays tchèques, courra les salons, visitera les librairies. On me fera un triomphe. Elle va me prouver ainsi que je suis un intellectuel de premier ordre, un maître à penser, bref, elle remplit mon assiette avec une soupe indigeste, extravagante. À plusieurs reprises, je suis sur le point de lui intimer de se taire, de cesser de délirer, mais je me retiens au dernier moment, car à quoi bon la vexer ?

Je joue toujours mentalement avec ma question. Est-elle opportune ? N'est-elle pas une réaction égoïste de ma part ? La

La call-girl de Prague

pièce finie, je vais lui balancer l'équivalent de : « *Tu es une mauvaise actrice, tu sais. J'ai eu du mal à accrocher.* » Pourquoi ne pas continuer à faire semblant ? Pourquoi mettre des mots sur l'informulé ?

Oui, mais la culpabilité m'écrase. Je suis un bouffon : Dans le monde, chaque jour, des millions de mâles en rut louent le vagin ou l'anus de filles qu'ils ne payent parfois que vingt euros, une somme aussitôt confisquée par des proxénètes, mais ces clients de prostituées dorment tous sur leurs deux oreilles ; rien ne trouble leur quiétude. Lors du jugement dernier, quand les anges les mettront en face de leurs actes, ils ouvriront de grands yeux étonnés : « *C'était mal ? Je ne savais pas. Allez, messieurs les anges, ce n'est pas bien grave.* »

J'ai versé dix-mille euros et pas vingt. L'argent ira entièrement à Lizaviéta ; elle a conclu de son plein gré un contrat avec moi ; personne ne l'a obligée à se vendre ; c'est elle qui a insisté pour réaliser mes fantasmes salaces.

Ma défense semble en or, pourtant elle ne convainc pas. Était-elle vraiment volontaire ? N'a-t-elle pas été entraînée, forcée par les circonstances ? Toute à son rôle, ne s'est-elle pas lancée dans une fuite en avant de plus en plus dégradante ? Visiblement elle a étudié Tripadvisor afin de m'offrir le meilleur de Prague, qui n'est pas la ville où elle vit. N'a-t-elle pas également parcouru des manuels sexuels afin de me fournir *la prestation parfaite* ? Je la vois plongée avec ses lunettes de professeur dans un précis sur les fantasmes masculins dévoilés aux femmes. J'en ai assez de tourner en rond. Je reviens toujours à ce besoin irrationnel d'approbation. Je suis une ordure qui se sentira moins ordure si la femme qu'il a violée, a ressenti une ombre de plaisir ou de consentement. Ras-le-bol !

Nous nous arrêtons sur un parking désert, un vrai coupe-gorge. Il pleuvine ; quelques gouttes tombent, mélancoliques, d'un ciel gris. Elle ajuste ma capuche et ouvre son parapluie. Se promener sous ces arbres lugubres est absurde. C'est une façon aberrante de tuer le temps, mais elle est en harmonie avec mes sentiments nihilistes. Nous nous dirigeons d'un pas lent vers le fleuve que nous apercevons en contrebas.

« *Quel est le pourcentage de sincérité dans vos gestes à mon égard ?* » tourne dans ma pauvre tête de malade, question insensée à laquelle aucune réponse satisfaisante ne convient. Même sa formulation est burlesque tellement elle est précieuse. Je ne suis qu'un fou et c'est un psychiatre qu'il me faut d'urgence !

Eh, Augustin ! Tu as le temps de discuter avec elle. Profites-en ! Ouvre-lui ton cœur ! Mais tu n'en feras rien. Tu te fuis et tu la fuis.

J'ai hâte de repartir, mais je voudrais aussi que la valeur du chronon, ce quantum hypothétique, s'effondre brutalement à zéro et que je reste éternellement accroché au bras parfumé de cet elfe en robe rouge.

Une chimère folle, dramatique, naît, petite chose d'abord fragile, mais qui grossit encore plus vite qu'une tumeur cancéreuse et qui squatte ma conscience épuisée. Je balance quelques minutes avant de l'adopter : adjugé, vendu ; je n'ai plus qu'à mettre au point les détails. Nous nous approchons d'un banc protégé par un auvent ; il est resté au sec. Nous pouvons nous y asseoir sans nous mouiller. Pour ne pas réfléchir plus, je passe immédiatement à la première étape de mon plan de dingue et j'ordonne, impérieux :

— Sucez-moi et avalez !

Mon injonction était sèche, dénuée de mon habituelle courtoisie ; j'ai même failli la tutoyer. Je dois d'abord lui faire sentir ma supériorité de mâle ; je dois d'abord me rendre odieux ; je dois d'abord la renvoyer dans sa caste de putain ; je dois d'abord la piétiner et m'en servir comme marchepied pour monter au ciel ou descendre en enfer. Elle me regarde, étonnée et acquiesce :

— D'accord, chéri.

J'imagine que derrière le sourire qui accompagne sa soumission, son mépris est total et cette répulsion me plaît et me rehausse. Elle s'agenouille et descend la fermeture éclair de mon pantalon. Elle exécute sans rechigner l'ignoble travail sexuel que je lui ai assigné. Pour parfaire son humiliation, j'appuie sur sa tête, tel un suzerain sur sa vassale. Je ferme les yeux, tout au plaisir qui monte ; jouir à Prague avec une pipe sordide et mourir aussitôt, quel répugnant délice ! Lorsque je me vide dans sa bouche, j'ouvre les paupières afin de capter cette honte que je lui inflige et de m'en repaître, mais Lizaviéta ne recrache pas et ne montre pas de dégoût. Exaspérante, elle me sourit timidement et émet, plaintivement, son habituelle requête, triste symbole de notre relation lépreuse :

— Vous êtes heureux, Augustin ?

Je t'en supplie ! Sois-le, pour que tout ce que nous avons fait ait un sens, un tout petit sens, mais un sens.

Comment veux-tu qu'un monstre soit heureux, Lizaviéta ! Je prends sa tête entre mes mains et je la relève doucement.

— Merci, merci et pardon. Ne cherchez pas à me comprendre. Priez pour mon âme si vous êtes croyante !

Je viens de livrer une oraison débile et grandiloquente en guise d'ultimes paroles. Je l'écarte et me mets à courir, enfin j'essaye, vu qu'il me manque un lobe pulmonaire.

— Augustin ! Arrêtez ! Que faites-vous ?

Arrivé au fleuve, je plonge. Le courant est fort et me submerge. Adieu angoisse, je me tue, car j'ai trop peur de mourir. Je sens qu'on me saisit par la taille. Lizaviéta vole à mon secours. Une fraction d'éternité je me demande si je ne vais pas volontairement l'entraîner dans l'au-delà en réussissant un suicide romantique à la Mayerling, puis, je renonce. La vie reprend le dessus ; je l'aide à lutter contre les flots et nous parvenons péniblement à regagner la rive. À peine sortie de l'eau, elle me gifle trois fois avec violence.

— Abruti ! Idiot !

Puis elle se colle contre moi avant de prendre ma main et de m'entraîner vers la voiture.

— Changez vite vêtements ! Vous êtes malade sinon, car vous avez froid.

Mourir d'une pneumonie est bien moins glorieux que de se noyer. Ma tentative de suicide est à l'image de mon existence, absolument ratée. Lizaviéta m'oblige à marcher vite sans tenir compte de mon essoufflement. Elle ouvre la voiture et me jette sur la banquette comme un paquet sale. Puis elle se précipite vers l'arrière afin d'en extraire ma valise. Elle revient avec des effets que, cette fois-ci, elle n'a pas cherchés à assortir. Elle me déshabille rapidement et m'aide à enfiler ma nouvelle tenue.

— Heureusement, vous blouson en plus, maugrée-t-elle.

La Call-girl de Prague

Avant de refermer la portière, elle me caresse le visage. Fébrilement, sans se soucier qu'on puisse la surprendre, elle ôte sa robe et ses sous-vêtements trempés, s'essuie, puis remet sa jupe noire et son chemisier blanc, puis elle range sommairement nos bagages et les remet dans le coffre. Je viens de la voir nue pour la première fois et malgré les circonstances scabreuses, son corps et sa peau m'excitent. Thanatos et Éros marchent vraiment d'un même pas. Elle se hâte de me rejoindre.

– On va aéroport. Plus chaud pour vous, grommelle-t-elle en démarrant.

Je m'attends à un déluge de reproches, mais elle ne desserre pas les lèvres. Elle doit avoir envie de se débarrasser au plus vite du timbré qui empoisonne sa vie depuis quatre jours. Elle va me jeter dans l'aérogare et s'enfuir sur les chapeaux de roues. Cela sera parfait pour moi. Des adieux à ne plus finir me feraient vomir !

Elle se tait. Je bave sur ces jambes qui émergent du tissu noir, ultimes miettes de mon festin sensuel à dix-mille euros. Je me bats pour ne pas pleurer devant elle, mais il y a longtemps que j'ai perdu toute dignité et des larmes ne changeront rien.

Le trajet dure trop longtemps à mon gré. Pourtant, elle conduit vite, mais je me sens si humilié. Je n'ai qu'une hâte : qu'elle parte, que je ne la vois plus, que je me retrouve seul.

J'ai tellement rêvé de Prague, mais mon séjour est un fiasco épouvantable. Je me suis révélé à moi-même et je suis effrayé par la noirceur de mon âme. Lorsque nous dépassons enfin le panneau indiquant l'aéroport, un peu de forces me reviennent, car la délivrance est proche et j'ordonne :

– Déposez-moi devant l'aérogare. Je me débrouillerai. Et allez rendre la voiture.

Elle ne me répond pas. Je me demande même si elle m'entend tellement elle semble perdue dans ses pensées. Lorsque je comprends qu'elle se dirige vers un parking, je proteste :

– Non ! Larguez-moi à l'arrêt-minute.

Mais elle ne m'obéit pas et nous nous engageons dans une allée de béton. Elle se gare dans la première place vide. Elle fait attention que la voiture soit parallèle aux lignes blanches qui marquent notre emplacement : elle n'est plus ivre. Je sors précipitamment. J'ouvre le coffre et extrais ma valise.

— Au revoir, merci pour tout. Je suis désolé de vous avoir causé tant de soucis.

Mais elle s'empare de mon bagage.

— Non ! On discute. Je reviens après vous parti dans l'avion et je rends voiture.

J'ai envie de reprendre de force mon sac et de m'enfuir, mais elle courait après moi. Je suis trop faible, trop diminué et je suis bien obligé de m'incliner.

Elle marche vite ; je suis difficilement. Elle n'a cure de mon essoufflement. Quel contraste avec nos précédentes sorties où elle était aux petits soins pour moi, où elle me tenait la main, où elle m'enlaçait ! Elle va me faire la morale. Je vais subir ses reproches tête baissée. J'écouterai d'une oreille distraite les arguments éculés qu'elle m'a servis hier, que je connais par cœur et qui me révoltent. Je ne dirai rien ; je ne répondrai rien. Elle se lassera et me laissera dans mes excréments.

Les couloirs me semblent interminables. J'ai l'impression que je vais m'évanouir, mais nous finissons par déboucher dans un hall vitré. Elle se dirige vers le bar où nous sommes allés la première fois et avise une table libre. Je me laisse tomber sur la chaise ; je suis épuisé, à l'agonie. Elle commande quelque chose en tchèque sans me demander mon avis ; je me raidis, attendant son déluge de remarques acerbes, son charabia exaspérant, sa compilation de platitudes.

Mais elle me caresse le visage. Son geste tendre me désarçonne tant il me paraît inattendu.

— Dites votre question, Augustin ! Je réponds ; je promets.

Le serveur rapporte deux chocolats chauds et elle sort son portefeuille pour régler nos consommations. Je ne proteste même pas alors que c'était à moi de payer. Lorsque le garçon est parti, elle remarque :

— Une boisson chaude est bien pour vous. Eau était glacée. Allez ! Dites question !

Oui ! Il est temps d'affronter la vérité aussi insupportable, soit-elle.

— Quelle est la part de sincérité dans vos gestes, Lizaviéta ? Je veux dire, pendant quatre jours, vous vous êtes montrée follement enthousiaste : j'étais le plus grand penseur de tous les temps, vous aviez une envie extraordinaire de faire l'amour avec moi. Qu'est-ce qui était vrai dans tout ce fatras ? Donnez-moi un pourcentage. Je ne sais pas ? Vingt pour cent ? Cinq ? Zéro ?

J'ai posé ma question sous son aspect statistique, mais elle est, comme je le pressentais, baroque. Elle reste silencieuse, car aucun être sensé ne peut fournir une réponse adéquate à ma stupide interrogation. Je grommelle, en serrant les dents :

— Je ne suis qu'un vieil idiot, je sais. Je culpabilise, parce que je vous ai contraint à faire des choses odieuses. Je me sens nul. Vous avez joué merveilleusement votre rôle, mais je me reproche ma conduite. Je n'assume pas. Et puis, tout part en vrille ; vous ; mon discours débile ; ma vie de merde !

Tu as tout dit, Augustin. Que veux-tu que je rajoute de plus ? Enfin, je vais essayer quand même de te fournir une explication satisfaisante.

Elle regarde sa montre, puis elle soupire et pose sa main sur ma joue.

— J'ai un peu de temps ; je veux vous aider. Vous arrêtez vos bêtises ! Écoutez, mais écoutez vraiment ! Je réponds à votre question dans avion. J'envoie SMS. Ok ? Vous voir pourquoi, mais je vais dire autre chose. Vous voulez être parfait. Vous voulez être comme Dieu. Absurde. Vous êtes homme. On a fait marché pour sexe. Ok ? Pas votre faute. Ma faute, Augustin. Ma faute. Vous profitez. Normal. Vous homme. Normal, vous profitez. Vous très gentil. Je vous assure. Vous très gentil. J'aime votre livre, sinon je dis pas que je veux traduire. Je suis pas folle ; votre discours est bon. Vous avoir beaucoup succès chez nous. Vous verrez que je dis vérité sur cela. Je donne preuves que vous êtes grand penseur. Ok Augustin. Vous faites confiance et attendez, mais je pense ni sexe avec moi ni votre discours est vraiment problème. Ils cachent vrai problème. Votre problème votre vie. Vous aimez Clémence, vos fils. Dites-leur. Dites, Augustin, vous discutez avec eux ?

— Cela m'arrive !

— Vraiment discuter de sentiments ?

Elle vrille ses yeux dans les miens et je concède de mauvais gré :

La call-girl de Prague

– Non, mais Clémence sait que je tiens à elle et mes fils s'en moquent. Ils se préoccupent à peine de ma maladie ; je serais ridicule.

Lizaviéta me fatigue avec sa psychologie rudimentaire. Comme si le monde pouvait s'arranger d'un coup de baguette magique ! Que s'imagine-t-elle ? Qu'il suffit qu'au prochain Noël, je hurle « *Je vous adore tous* » pour qu'aussitôt ma vie familiale devienne formidable ? Qu'est-ce qu'elle est naïve ! Elle a vingt-trois ans et elle croit tout savoir sur tout. Au ton méchant de ma réponse, elle a dû comprendre que je n'adhère pas à sa souffreteuse démonstration et qu'elle pérore dans le vide, car elle se renfrogne et tape du poing sur la table, manquant de faire renverser nos chocolats.

– J'explique mal. Je pense, mais j'arrive pas à dire.

Ma colère contre Lizaviéta tombe d'un coup. Au moins, elle a tenté de m'aider et elle a fait le maximum pour cela. Je suis ridicule de lui en vouloir, mais je ne supporte plus son galimatias. Je me penche au-dessus de la table, d'une main je lui caresse un sein et de l'autre je la bâillonne. Elle comprend, car lorsque je la libère, elle se tait. Elle porte son bol à ses lèvres tout en me regardant d'un air maussade et pincé.

Je considère Freud comme un charlatan. Le moi, le surmoi, l'inconscient, les actes manqués, tout ce folklore me paraît insupportable. Je me souviens de mon cours de philosophie de terminale où j'ai bataillé ferme contre la professeure, qui nous présentait les guérisons magistrales et miraculeuses du psychiatre viennois. J'ai fini par lui dire que Sigmund était un menteur qui a arrangé la vérité dans son ouvrage afin qu'elle coïncide avec sa thèse. Il n'a jamais soulagé personne par le magistère de la parole. J'assimile gauchisme et psychanalyse. Ils me hérissent autant l'un que l'autre. Ceux qui, paraît-il, retrouvent la joie de vivre après s'être racontés pendant plusieurs années à un interlocuteur silencieux, sont en fait rééduqués. Ils ont subi un lavage de cerveau comme savaient si bien le faire les pays communistes, la bonne vieille méthode Coué. On répète « *Je suis heureux.* », « *Je suis heureux.* ». À la fin des séances, on est devenu un zombie. Les sermons interminables de Lizaviéta ne sont qu'une variante médiocre de cette pseudoscience, aussi, ils me mettent en fureur. Elle repose son

La Call-girl de Prague

bol et me caresse la paume. Elle a dû réaliser que c'était la meilleure façon de me détendre. Nous ne parlons plus ; nous nous regardons, les yeux dans le vague, assis l'un en face de l'autre, sur des chaises inconfortables. Mes mains sont plaquées sur la table branlante, face au ciel. Elle les masse par de petits effleurements sensuels. Elle se contente de jeter de temps à autre un coup d'œil à sa montre, car il ne faut surtout pas que je rate l'avion. J'émerge lentement de l'état second où j'étais plongé depuis ce matin. Je reprends forme humaine et redeviens Augustin Miroux. Le bilan est catastrophique, mais j'arrive presque à faire face. Une tentative de suicide ! Il ne manquait plus que ce nouveau problème de santé. Que suis-je censé faire ? En parler à mon médecin traitant ? Il va m'envoyer chez un psychiatre. Oui, mais j'exigerai qu'il me recommande un adepte de la camisole chimique, un de ces thérapeutes qui ne jurent que par la molécule du bonheur. Ce serait génial si j'avalais une pilule et que je sois euphorique jusqu'au moment de mon départ pour l'au-delà. Vraiment génial ! Elle regarde une nouvelle fois sa montre puis se lève en prenant son sac à main :

— Je vais toilettes. Vous restez ici ? Vous partez pas ? Jurez sur les têtes de Jean et Arthur ! Vous faites rien.

Que s'imagine-t-elle ? Que je vais me jeter à travers la paroi vitrée et me précipiter sous la roue d'un avion ? Je grogne :

— Allez uriner en paix. Je suis trop fatigué pour prendre la moindre initiative.

Je ne peux m'empêcher de lorgner sa démarche soyeuse lorsqu'elle s'éloigne juchée sur ses hauts talons ; je consomme les ultimes centimes de mes dix-mille euros.

Dès qu'elle s'est engouffrée derrière la porte des WC., je me lève à mon tour et saisis ma valise. J'ai un éblouissement, car j'ai changé trop vite de position. Je me crispe et la vision me revient peu à peu. Je me dirige le plus vite possible vers l'entrée des contrôles. J'espère la franchir avant qu'elle ne revienne, car à quoi bon éterniser ces adieux si cruels ? Ma transaction commerciale avec Lizaviéta est terminée. Chacun des deux contractants va retourner dans son monde et lécher ses blessures dans son coin. L'aéroport est presque désert. Il n'y a que deux personnes qui attendent avant moi pour présenter leurs passeports aux douaniers. Tendu, je prends place derrière eux. J'espère qu'elle ne va pas débouler brutalement et provoquer un scandale, mais au moment de tendre mes papiers, je fais demi-tour. Non ! Je ne vais pas me sauver comme un voleur. Lizaviéta, revenue des toilettes, se précipite vers moi en courant et se blottit contre ma poitrine.

– Vous avez promis, me reproche-t-elle.

– Je suis revenu, mais uniquement pour vous souhaiter au revoir et aussitôt je repars.

– Je vais dire une chose. Vous fâchez pas ; Vous promettez ; Vous fâchez pas ?

Je soupire bruyamment :

– Encore vos arguties. Vous perdez votre temps, mais bon.

Vas-y ! Abrutis-moi de conseils débiles ! Tu as besoin de me faire la morale jusqu'à la dernière minute sinon tu te sentiras coupable, mais qu'est-ce que tu es butée : tu n'évolues pas d'un iota. Tes mots cachent tes maux et tes maux cachent tes mots.

– Ok. Je réponds votre question avec SMS dans avion. Ok ? Ensuite, je fais succès votre livre. Je prouve vous grand penseur. Ok ? Enfin, je sais pourquoi vous venir à Prague.

– Pour mon panégyrique !

– Non ! Vous venez à Prague pour mourir.

J'éclate d'un rire tonitruant et libérateur. Elle découvre l'eau froide ; je le sais depuis que j'ai atterri à l'aéroport. J'avais passé un pacte avec Thanatos : il me laissait tranquille jusqu'à la fin de mon discours puis il me déchirerait de ses griffes. Furieuse de ma réaction, elle me martèle le dos avec ses poings.

– Riez pas ! J'interdis. Vous venez à Prague pour mourir, mais vous pas mort ; tant que pas mort vous vivre ; vous vivre. Demain, dans un mois vous avez autre Prague, ailleurs. Pas Prague, mais comme Prague. Prague pas fin pour vous. Comprenez, pas fin.

Comme la psychologie enseignée par le professeur Lizaviéta est naïve et primaire. C'est le règne du « *il n'y a qu'à* ». Pour elle, le monde obéit à des lois simples et le bonheur n'est qu'un acte de volonté.

Je reprends lentement mon souffle. Il n'y a pas eu de miracle, de phrase sentencieuse qui d'une pichenette a dissipé les brumes de mon esprit amer. Jusqu'à l'ultime instant, elle a essayé, mais elle a échoué.

La Call-girl de Prague

Je l'écarte doucement et je retourne vers les douaniers. Je l'entends encore babiller. Je coupe mentalement le son et je n'enregistre rien de ses dernières paroles. Je suis déjà dans l'ailleurs. J'ai peur qu'elle ne me course, qu'elle ne s'accroche à moi. Aussi, je presse le pas pour lui signifier que, cette fois-ci, mon départ est définitif. Il n'y a aucun passager au contrôle et je le passe en quelques minutes. Je me hâte vers le terminal indiqué par le panneau d'affichage. Je me laisse tomber sur un siège et je reste prostré, malheureux, vidé. J'entends mon téléphone vibrer ; je viens de recevoir sans doute le SMS promis par Lizaviéta. Je ne sors pas mon smartphone pour le lire ; je reste apathique ; à quoi bon en prendre connaissance ? Elle a probablement un dernier argument pourri à m'asséner. J'ai eu mon compte ; j'ai le droit de faire une pause.

Pardonne-moi Augustin. J'ai été vraiment nulle.

Je ressens une série de vibrations. Ce n'est plus un SMS mais un appel ; mon Dieu qu'elle est obstinée ! Elle ne renonce jamais. Furieux, je sors mon appareil pour l'éteindre, mais le numéro n'est pas celui de Lizaviéta. Surpris, je décroche :

– Bonjour Augustin, je ne vous dérange pas ? Vous êtes encore à Prague ? Ou vous êtes rentré chez vous ?

Mon interlocuteur est un homme, mais je ne l'identifie pas. Perplexe, je demande :

– Qui êtes-vous ?

– Fred.

Il me faut quelques instants avant de mettre un visage sur la voix.

– Écoutez. Je ne vais pas y aller par quatre chemins, comme on dit d'une manière si imagée dans votre langue. Nous sommes entre hommes. Hier, avant de me quitter, vous m'avez balancé un chiffre : dix-mille euros. Je ne veux pas faire d'erreur d'interprétation. Vous sous-entendiez que votre amie, vous l'avez payée ? Parce que j'ai prolongé mon séjour à Prague...

– Oui !

– Si je lui propose cent euros pour une heure, vous croyez qu'elle acceptera ?

La call-girl de Prague

Je raccroche. Polks essaye de me rappeler, mais je le bloque. Je viens de toucher le fond. Pourquoi ai-je dit « *oui* » ? Je l'ai trahie ; Polks va l'humilier avec sa proposition minable et au rabais. Je l'ai réduite à nouveau à sa condition de putain. Nous avions réussi à établir nos relations sur un plan équitable, à dépasser le stade dominant, dominée. Par un seul mot, j'ai tout détruit. Je suis incorrigible. Je ne suis qu'un salaud, une ordure qui n'est même pas isolée dans sa pourriture, puisque Polks, le héraut de la gauche antiesclavagiste, celui qui a fait un discours magistral sur les restes tenaces de la servitude involontaire dans le capitalisme européen du vingt et unième siècle, n'hésite pas à transgresser allègrement ses beaux principes et à proposer sans complexes d'acheter une femme. Moi, au moins, je m'affiche dès le départ comme un immoral de droite ; je ne suis pas hypocrite et je suis noyé sous les scrupules ! Accablé par ma bêtise, je me décide à regarder le SMS qu'elle m'a envoyé.

« *Regardez dans votre blouson, chéri. Vous trouvez réponse à votre question.* »

Je tâte mes flancs. Il y a en effet quelque chose dans ma poche droite. Je plonge la main et je sors une liasse de billets. Je compte fébrilement ; elle m'a rendu deux mille euros ! C'est pour cela qu'elle est partie aux toilettes, car elle voulait préparer cette somme à l'abri de mes regards. Elle me l'a glissée lorsque nous étions enlacés dans le hall.

Je connais désormais son pourcentage de sincérité, un chiffre symbolique et irréfutable. J'essaye bien de chipoter, de me dire qu'elle a agi par pitié, pour me remonter le moral, puis, je rejette cette pathétique explication. Je dois arrêter d'être de mauvaise foi, mais la culpabilité et la mauvaise conscience m'écrasent. Je tape fébrilement sur mon clavier :

« *Merci pour votre réponse. Je suis fou de vous, mais je ne suis qu'un imbécile. Polks vient de me téléphoner. J'ai fait une bêtise : je lui ai avoué que je vous ai payée. Il va sans doute vous solliciter pour sexe contre argent. Pardon.* »

J'appuie sur « *envoyer* ». J'attends sa réplique ; j'attends son improbable absolution. Contre tout espoir, j'attends qu'elle prenne mon incurable sottise à la légère. Mon téléphone vibre !

« *Vous êtes crétin. Vous gâchez tout.* »

Je lui envoie message sur message pour me justifier, pour plaider mon indéfendable cause, mais elle ne me contacte pas, me laissant dans mon vomi.

On appelle mon avion. Je me lève d'un pas lourd ; j'ai cent ans ; je suis Atlas portant le ciel.

Je suis sevré brutalement de Lizaviéta. Désormais, je devrai vivre sans elle. Pourtant, je ne la connaissais pas il y a quatre jours. L'univers me semble crépusculaire. Je me traîne jusqu'au Boeing ; je suis tellement épuisé que je dois faire une halte au milieu de la passerelle qui donne accès à l'avion. Encore un effort et je me laisse tomber sur mon siège. Comme à l'aller, je suis près d'un hublot. Je sors mon téléphone : Lizaviéta me snobe toujours. J'essaye un faible : « *Pardon. Pardon. Je ne sais pas ce qui m'a pris. Pourtant, j'ai tellement de respect pour vous.* »

Je viens de bredouiller l'excuse facile de l'assassin multirécidiviste : « *J'ai tué votre fille et votre femme, mais je le regrette beaucoup. Bon, monsieur le juge, maintenant que j'ai exprimé mes remords à la famille des victimes, vous me libérez, n'est-ce pas ?* » Comme si des mots inconsistants abolissaient les fautes !

Je songe à mon Panégyrique. C'était en fait le mien. Je suis l'empire qui se heurte aux nations. Pendant quarante ans, à l'instar du Grand Roi, j'ai souhaité accéder à l'universalité, j'ai voulu que ceux que je côtoie aient une bonne opinion de moi et me portent leurs hommages, si je traduis ma vie en termes de relations interétatiques. Je n'ai affronté personne ni mes collègues, ni ma femme, ni mes fils. J'ai eu une carrière universitaire médiocre, car j'étais trop consensuel. Mes relations familiales ont perduré sans nuages pendant trois décennies, car j'ai fui toute dispute, parce que j'étais un ectoplasme.

« *Panégyrique de l'empire* » égale « *Panégyrique d'Augustin Miroux* ». C'est un parallèle osé, quand même, mais il contient une part de vérité. L'empire et moi appréhendons le monde de la même façon.

J'éteins mon smartphone comme le demande l'hôtesse. Peut-être Lizaviéta me contactera-t-elle lorsqu'elle aura fini de bouder ; peut-être traduira-t-elle mon pamphlet. On verra bien. Pour l'instant, je suis abattu, résigné, sans forces. Les moteurs rugissent et l'avion roule sur le tarmac. Alors que je monte vers les nuages, je baisse l'oriflamme de ma fierté. Je décide de mendier, d'envoyer dès mon arrivée une absurde bouteille à la mer en direction de Clémence, un SMS exsudant de mièvrerie, une phrase ancienne, que je bredouillais jadis à ma belle, mais que je ne sais plus dire, un syntagme écrit et surtout pas oral, juste trois mots : « *Je t'aime.* »

Et je me répète, pour m'encourager, la maxime magistrale de Lizaviéta, l'ultime héritage de ces quatre jours hors de mon existence : « *Tant que suis pas mort, moi vivre.* » « *Tant que suis pas mort, moi vivre.* », mais je suis triste, amer et sans espoir.

Meurtre au lycée Wallon : à Valenciennes, le proviseur du lycée Wallon est assassiné devant son établissement. Le rigide procureur Vaugas est persuadé que Dominique Beaulieu, le maire de la ville, a commandité le meurtre. A-t-il raison ? La fragile Hélène Richier est chargée de l'enquête et explore méthodiquement toutes les pistes.

Le pays des Crétins : une fresque amère et émouvante, inspirée de faits réels, qui constitue une plongée dans une France Périphérique ravagée par le chômage et la misère. Bouleversant.

Voyage de Classe : c'est le dernier voyage de classe qu'organise Frédéric Ruffor. Rapidement, le déplacement scolaire tourne au cauchemar. un thriller psychologique, au suspense prenant, où la tension monte inexorablement jusqu'au final hallucinant.

L'année du Front : la France est engluée dans une crise économique et politique sans fin. Le chef de l'extrême droite, Marèche, est aux portes du pouvoir. Vallorgues, le ministre de l'intérieur, complote pour empêcher l'inévitable. Réussira-t-il ?
Ce thriller ni moralisateur ni manichéen vous prendra à la gorge et vous fera réfléchir.

Le monde d'Ile : Ile est une ville, la seule de son monde. Les nomades rejettent son existence et veulent la détruire. Aux États Unis, dans un futur proche, la D.D.I est chargée de surveiller les scientifiques et de contrôler leurs travaux.
Quel est le lien entre ces deux univers en apparence si différents ? Qu'est vraiment le monde d'Ile ? Ce thriller passionnant et romantique vous prendra à la gorge et vous plongera dans une tragédie au déroulement imprévisible.

Trois semaines en Avril : La France est sortie de l'euro et s'est enfoncée dans une crise économique catastrophique. Elle est en proie à des attentats meurtriers et à des affrontements ethniques et religieux. Seules, l'armée et la police maintiennent un semblant d'ordre. Cette chronique amère de trois semaines d'un bref printemps nous tend un miroir aux reflets cruels qui permet d'entrevoir ce que sera, peut-être, notre pays dans quelques années. Un livre troublant !

Le quatrième führer : 1993 dans un univers parallèle. L'Allemagne a gagné la seconde guerre mondiale et a fait la paix avec l'Ouest. Mais elle s'est enlisée dans une interminable guerre de partisans en Russie et elle est à bout de souffle.

Les supérieurs de Frantz Blitz le chargent d'une mission secrète et suicidaire. Frantz n'est qu'un pion que tous les camps manipulent sans vergogne, mais il a conscience qu'il peut changer le cours de l'Histoire et empêcher un conflit nucléaire.

Ce roman vous tiendra en haleine jusqu'au dénouement.

Vers les ruines de Paris : 2163 ravagée par une interminable guerre civile, la France n'est plus qu'un pays sous-développé, en proie à la misère ; elle est morcelée entre des entités antagonistes et n'est plus qu'un pion dans le jeu des deux grandes puissances de l'époque, le Califat islamique et l'Union Chinoise. Béchir Geymal est envoyé à Versailles pour dissuader Delattre, le sanguinaire dictateur nationaliste, d'attaquer Paris et de provoquer par ricochet une guerre nucléaire. Mais il est manipulé par le Calife et les services secrets, et il risque de perdre sa fille. Un thriller romantique au suspense prenant.

Femme mariée 40 ans : Martine a tout pour être heureuse. Elle a un mari affectueux, deux filles, un bon travail. Mais elle va découvrir les sites de rencontres et déraper. Un roman érotique et psychologique qui vous dérangera.

Un monde repu : au vingt-cinquième siècle, l'opulence, la paix et le bonheur règnent sans partage sur toute la planète.

Mais ce monde paradisiaque n'est-il pas également un monde repu, décadent et moribond, voué à une lente mais inexorable disparition ? C'est que proclame le philosophe Christopher Laurens. Il est assassiné. Son meurtre est matériellement impossible, il n'y a aucun mobile, et au vingt-cinquième siècle, il y a bien longtemps qu'on ne commet plus de crimes.

Le procureur Alexandre Sirva, que rien ne prépare à cette fonction, est plongé dans une enquête qui le dépasse et au cours de laquelle il est continuellement manipulé. Démasquera-t-il le coupable ? Ou plutôt quelle vérité lui laissera-t-on découvrir ?

Ce roman, au suspense prenant, reprend d'une magistral un thème cher à Isaac Asimov

Les Parages du Serpent : Les Parages du Serpent sont un ensemble de planètes qui au quatrième millénaire utilisent des Krulls, des androïdes dépourvus de conscience, mais constitués de cellules d'origine humaine. C'est aussi une société raciste où les métis issus des Krulls sont discriminés.

Les Baumers, le peuple esclavagiste qui occupe ces planètes, sont en proie à la réprobation universelle notamment de l'empire, vaste confédération de mondes habités. Pour ébrécher le mur de la ségrégation raciale, les services secrets impériaux ont conditionné Christopher O'Reilly, un jeune politicien baumer et une activiste métisse, Katherine Ross, afin qu'ils s'aiment.

Pour sauver leur mode de vie, les Baumers se lancent dans une croisade sanglante et désespérée contre l'empire. Christopher arrivera-t-il à préserver sa planète, Délice, de la tourmente ? Pris entre son amour imposé pour Katherine et son épouse Anne parviendra-t-il à trouver l'équilibre ? Et qui est derrière Les simulacres d'Anne qui envahissent Délice ?

Ce roman est un space opéra romantique et émouvant, au déroulement imprévisible et au suspense prenant.

Le procès de l'Homme : un écologiste radical Orchir a fabriqué un virus qui a exterminé la grande majorité des humains. Il n'a permis qu'à une poignée d'entre eux de survivre afin de nettoyer la planète avant la disparition de l'Humanité. Un siècle plus tard, un extrémiste, Byris, veut parachever l'œuvre d'Orchir mais des résistances se font jour.

Quand reviendront les Andes : roman d'héroic fantasy. Jadis des êtres mystérieux les Andes vivaient parmi les hommes. Mais attaqués par les humains ils se sont réfugiés dans les glaces du Septentrion en emmenant avec eux le fils du dernier roi d'Iril. Vont-ils revenir un jour ?

Panégyrique de l'empire : Augustin est atteint d'un cancer du poumon. Polémiste de droite, excessif et rageur, il est invité à un colloque gauchiste à Prague et doit prononcer le discours de sa vie. Il a engagé une call-girl novice pour agrémenter son séjour mais il a des scrupules à utiliser ses services. Qui de thanatos ou d'Éros l'emportera ?

La tour de Bar : la maladie d'Augustin s'est aggravé. Alors qu'il s'aperçoit que sa femme tourne doucement la page de leur vie conjugale, il s'enfuit à Dijon sa ville natale. Il contacte la fille d'une ancienne camarade de classe, qu'il redoute d'avoir jadis poussé au suicide et se fait passer auprès d'elle pour son père qu'elle ne connaît pas. Lui qui a des relations distantes avec ses trois fils, construit rapidement une relation avec sa pseudo enfant. Mais celle-ci dérape. Augustin plongera-t-il dans un cloaque pestilentiel ?

Copyright les éditions du Val juillet 2017

Printed in Great Britain
by Amazon